우리가 가장 아프게 빛나던 시절

1

이현주·고정원 극본 | 안재경 소설

북하우스

차례

프롤로그 _6

불안한 시작 _15

자세히 보아야 예쁘다. 너도 그렇다 _41

학교에 오는 이유 _75

낯선 얼굴, 사라진 흔적 _105

아직은 아이들의 손을 놓을 때가 아니다 _135

딜레마의 명제 _167

세상은 보이는 곳보다 보이지 않는 곳이 훨씬 크다 _193

아직은 유효한 약속 _231

프롤로그

이상한 날이다.

남순은 멈춰서 하늘을 올려다보았다. 눈발이 땅에 내려앉는 듯하다가도 다시 떠오르며 허공에 흩날리고 있었다. 남순은 손바닥을 내밀었다. 손바닥에 닿는 눈의 감촉이 선뜻했다. 남순은 손바닥 위에서 녹아내리는 눈을 쳐다보다가 두 손을 주머니에 찔러 넣었다. 어디로 가야 할지 모른 채 걷기 시작했다.
4월, 오후 세 시.
4월의 눈, 저녁처럼 어두운 낮.
봄은 오지 않았다. 겨울은 끝나지 않았다. 해는 먹구름 뒤로 사라졌다. 차가운 눈발이 머리카락 위에 내려앉았다. 얇은 옷을 입은 사람들이 추위에 옷깃을 여몄다. 눈이 올 줄 몰랐던 듯 다들 황당한 표정으로 하늘을 올려다보다가 걸음을 빨리 했다.

남순은 눈발을 고스란히 맞으며 걸었다. 봄에 내리는 눈, 해가 사라진 낮. 세기말 같은 풍경이지만 세상이 뒤집어지지는 않을 것이다. 기왕에 세상이 뒤집어질 일이 생긴다면 조금 전 엉망으로 찍어놓은 수학 문제나 맞으면 좋으련만.

수포자의 비애는 검정고시에서도 예외가 아니었다. 죽어라 외운 암기과목들은 맞는지 틀리는지 몰라도 제법 칸을 채울 수는 있었다. 하지만 수학은 정말…… 풀이를 하는 것은 고사하고 어떻게 문제를 읽어야 할지조차 알쏭달쏭했다. 이름도 기억나지 않는 기호들을 멍하니 바라보면서 쓰게 입맛을 다셨다. 대충 찍은 수학 문제들이 정답이면 좋겠다. 하지만 그런 일은 일어나지 않을 것이다. 세상이 뒤집어지지 않는 한.

아무래도 수학은 8월에 다시 시험을 치러야 할 것 같았다. 그래도 전 과목을 다시 쳐야 하는 건 아니니 다행이라고 해야 할까. 언제였던가. 중학교 때 수학 선생이 그런 말을 했었다. 수학만큼 명쾌한 학문은 없다고. 그때는 얼어 죽을 소리를 한다고 생각했는데 돌이켜보니 틀린 말 같지는 않았다.

수학이 명쾌하지 않다면 남순은 수학을 해볼 만한 공부로 여겼을지 모른다. 고작 16년을 살았을 뿐이지만 남순이 보기에 세상은 명쾌하지 않은 일투성이였다. 4월은 봄이다. 하지만 그것이 명쾌한 사실이라면 지금 내리는 눈은 어떻게 설명할 것인가.

남순은 다시 얼굴을 들어 위를 올려다보았다. 하지만 남순의 시선이 가 있는 곳은 흐린 하늘, 흩날리는 눈발이 아니었다. 남순은 가로수를 바라보았다. 가로수에는 막 돋아난 옅은 연둣빛 잎사귀가 매달려 있었다. 이파리 끝이 가늘게 떨렸다.

"아이 씨, 담탱이 때문에!"

누군가의 목소리에 남순은 주변을 두리번거렸다. 저쪽에서 교복을 입은 한 무리의 아이들이 학교로 달려가고 있었다. 땡땡이를 치고 나왔다가 담임한테 딱 걸린 모양이었다. 남순도 저런 때가 있었다. 교복 차림으로 그 녀석과 거리를 활보하던 시절이.

남순은 아이들의 뒷모습을 바라보다 슬며시 웃었다. 그러다 금세 표정이 굳었다. 자기도 모르게 지은 웃음이 아파서. 그 녀석이 아파서.

예기치 못한 웃음이 얼굴 위로 번질 때면 남순은 아직 자신에게 웃음이 남아 있다는 것이 신기하게 느껴졌다. 그 녀석이 없어도 나는 웃을 수 있구나, 하는 데 생각이 미치면 죄책감과 함께 올라가던 입꼬리가 그대로 굳어버리곤 했다.

남순에게 명쾌했던 것은 수학이 아니라 언제까지나 녀석과 함께할 거라는 믿음이었다. 하지만 그 믿음이 산산조각 난 뒤 남순은 어쩌면 세상에 명쾌한 것은 없을지도 모른다고 생각하게 되었다.

잊으려고 했고 지워버리고 덮어버리려고 했다. 하지만 10년…… 녀석과 붙어산 세월이 너무 길었다. 수원으로 이사를 갔던 여섯 살 이후 그 녀석은 언제나 함께였다. 함께 먹고 함께 자고 함께 놀고…… 그래서 지워버리는 것도 덮어버리는 것도 가능하지 않았다.

집에서 라면을 먹다가도 녀석이 떠올랐다. 학교 운동장에 우두커니 서 있어도 녀석이 떠올랐다. 슈퍼마켓 앞에 찌그러진 자판기에도, 식당 앞에 쓰러진 입간판에도, 녀석과의 추억이 묻어 있었다. 학교를 그만두고 아버지를 따라 서울로 올라오게 되었을 때, 그래서 남순은 안도했다. 녀석과의 추억이 묻어 있지 않은 집으로, 동네로, 낯선 곳으로 가고 싶었다. 낯선 곳에서 자유롭고 싶었다.

남순은 전철역 입구에서 발을 멈췄다. 몇 미터만 더 걸어가면 버스 정류장이 나온다. 집으로 가려면 버스를 타야 했다. 어느새 눈발이 거세졌다. 정말 이상한 날이다. 남순은 잠시 생각하다가 전철역 안으로 들어갔다. 계단을 내려가 플랫폼 앞에 섰다. 문득 스크린도어에 새겨진 시구가 눈에 들어왔다.

자세히 보아야 예쁘다.
오래 보아야 사랑스럽다.
너도 그렇다.

남순은 수원행 전동차에 발을 들여놓았다. 빈자리에 앉아 검게 물든 창문을 바라보았다. 맞은편 창문에 비친 열여섯 살 남자아이의 쓸쓸한 눈동자를 마주보았다. 남자아이는 얼마 전 잠에서 깨어났고 세상에 나온 지 오래되지 않았다. 남순은 낯선 것을 바라보듯 그 얼굴을 자세히, 오래도록 바라보았다.

누군가 남순의 얼굴을 자세히 본 적 있을까. 오래 본 적 있을까. 남순조차 자신의 얼굴을 자세히, 오래 본 적이 없는 것 같았다.

방에 틀어박혀 있는 동안 남순은 거울을 보지 않았다. 매일 밤 꿈속에서 남순은 제3자가 되어 남순의 모습을 보았다. 꿈속에서 만나는 남순의 모습은 예쁘다거나 사랑스럽다는 말과 거리가 멀었으므로, 현실에서까지 그렇다는 것을 확인할 필요는 없었다.

아버지가 지방으로 내려간 뒤 남순은 낯선 집에서 하루 종일 잠만 잤다. 때로는 악몽을 꾸었고 때로는 가위에 눌렸다. 비명 같고 절규 같은 스스로의 잠꼬대에 소스라치며 깨어나기도 여러 번이었다. 하루에도 몇 번씩, 남순의 발아래에서 무언가가 부서졌다. 하루에도 몇 번씩, 녀석은 무서운 눈빛으로 남순을 쏘아보았다. 거의 매일 악몽을 꾸고 가위에 눌리면서도 남순은 매번 꿈속으로 도망쳤다. 현실이 꿈보다 더 악몽 같았다.

꿈에서 깨어난 어느 날 남순은 커튼을 열어젖혔다. 창밖에서 환히 비쳐드는 햇빛을, 오가는 사람들을, 미풍에 흔들리는 나뭇잎을 바라보다가 거리로 나갔다. 아무것도 잊을 수는 없다. 남순이 잊어도 그것은 무의식 속에서 끊임없이 반복 재생될 것이고 악몽으로 되살아날 것이다. 시시각각 남순을 그 순간으로, 녀석의 옆으로, 끌고 갈 것이다. 그러니 지우는 것은 가능하지 않다. 하지만……

……깊이 덮어둘 수는 있지 않을까.

마음속에 커다란 서랍을 하나 만든다면, 그 서랍 속에 녀석과 관련된 모든 것을 집어넣고 서랍을 닫아버린다면, 굳게 자물쇠를 채운다면…… 그러면 어떻게라도 살아갈 수는 있지 않을까.

서랍 하나를 마음속에 담고 남순은 거리로, 세상으로 나왔다. 하지만 남순은 여전히 녀석에게 못 다 받은 벌을 받는 중이다. 남순은 행복해지지 못할 것이다. 행복해지기를 원하지도 않을 것이다. 마음속에 굳은 자물쇠를 채운 사람에게 행복 따위 어울리지 않으니까.

그러나 행복해지기를 바라지 않으면서도 남순은 문득문득 차오르는 아주 소박한 열망 하나를 외면하지 못했다. 남들과 비슷하게 사는 것. 검정고시를 치르고 학교로 돌아가는 것. 하고 싶은 것도 되고 싶은 것도 없다. 하지만 이렇게는 살 수도 죽을 수도 없다. 그러니 다만 바라는 것은, 기억할 수도 잊을 수도 없는 이 상황에서 벗어나 무심한 얼굴로 하루하루를 견뎌내는 것이었다.

전동차가 멈춰서고 남순이 내렸다. 전철역을 나와 어딘가로 걸어갔다. 머리로 기억을 더듬을 필요는 없었다. 남순의 발은 이 길을 훤히 알고 있었다. 한때 매일같이 오르내리던 비탈길로 접어들었다. 어느새 눈은 그쳤다. 비가 왔었는지 눈이 왔었는지 골목은 젖어 있었다. 군데군데 파여 있는 작은 웅덩이마다 더러운 빗물이 고여 있었다. 남순은 젖은 길을 걸어 올라갔다.

지금 가는 곳은 녀석의 집이다. 하지만 녀석은 더 이상 그 집에 살지 않는다. 남순이 수원을 떠나고 얼마 되지 않아 녀석도 이사를 갔다는 이야기를 들었다. 녀석이 없다는 것을 알면서도 남순은 가끔 이곳을 찾았다. 반복되는 악몽을 떨치고 거리로 나왔던 첫날도 남순은 이 길을 올랐다.

골목 중턱에서 남순은 앞서 걷고 있는 남학생을 발견했다. 한때 남순과 그 녀석이 입었던 교복을 입고 있었다. 남학생은 머리가 짧고 키가 컸다. 남순은 자기도 모르게 녀석의 이름을 부를 뻔했다. 하지만 녀석일 리는 없었다. 녀석은 더 이상 저 교복을 입지 않고 이곳에 살지 않는다. 남순은 멍하게 남학생이 예전 그 녀석의 집 대문으로 들어가는 모습을 바라본다. 새로 이사 온 사람일까.

수십 번, 수백 번, 상상해보았다. 이 길 위에서 녀석과 마주치는 순간을. 그때 어떤 표정을 지어야 할까. 어떤 말을 해야 할까. '이제 왔냐?' 어제 만난 사람처럼 그렇게 물을 수도 있을 것이다. '미안하다.' 진작 했어야 하지만 끝내 하지 못했던 그 말을 할 수도 있을 것이다.

하지만 상상 속에서조차 남순은 녀석에게 선뜻 말을 건네지 못했다. 아무 말도 못하고 녀석을 바라보는 남순, 남순을 외면한 채 돌아서 사라지는 녀석, 녀석의 뒷모습을 보면서 이름조차 불러보지 못하고 무너져 내리는 남순…… 그것이 남순의 꿈이고 상상이었다. 현실이 행복하지 않은 사람은 꿈조차, 상상조차, 행복할 수 없는 걸까.

어젯밤에도 녀석은 남순의 꿈에 나타났다. 그리고 처음으로 남순을 보면서 웃어주었다.

'어디 갔다 이제 왔냐, 새꺄.'

녀석은 예전 그 말투, 그 표정으로 그렇게 말했다. 꿈에서 깨어난 뒤 남순은 조금 울었다.

오늘 녀석을 만난다면 어젯밤 꿈에서 본 그 모습일지 모르겠다. 처음으로 하는 상상. 이상한 상상. 왜냐하면 오늘은 이상한 날이니까.

어디 갔다 이제 왔냐, 새꺄.

남순은 대답할 것이다. 이상한 꿈을 꾸었다고. 아주 슬픈 꿈이었다고. 그리고 또 이야기할 것이다. 오다가 교복 입은 아이들을 봤다고. 그래서 옛날 생각이 났다고. 정확하게는 네 생각이 났다고.

그리고 이래도 되는지 모르겠지만, 학교로 돌아가볼 참이라고.

남순의 이야기가 끝난 뒤 녀석이 이렇게 말해주면 좋겠다.

'잘했다.'

남순은 멈춰서 하늘을 올려다보았다.

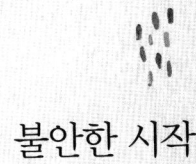
불안한 시작

남순은 알람 소리에 눈을 떴다. 코끝에서 싸늘한 공기가 느껴졌다. 가을이지만 해가 들지 않는 방은 아침 무렵이면 늘 쌀쌀했다. 이불 바깥으로 삐져나간 발가락을 꼼지락거려보았다. 이불 밖으로 나갈 엄두가 나지 않았다. 오 분만, 아니 일 분만.

머릿속으로 학교에 가기 전 해야 할 일을 분 단위로 계산해보았다. 씻는 데 오 분, 머리 말리고 옷 입는 데 오 분, 쌀 안치고 밥 먹는 데 이십 분…… 남순은 자리에서 일어났다. 밥이라도 먹고 나가려면 지금 일어나야 했다.

서두른다고 서둘렀는데 벽시계는 어느새 일곱 시 십오 분을 가리키고 있었다. 오 분 안에 나가야 지각을 면할 것이다. 남순은 건조대에 널려 있던 교복 바지에 다리를 집어넣었다. 덜 마른 옷이 피부에 닿는 느낌이 선뜩했다. 전날 심부름 아르바이트가 늦게 끝난 탓에 자정이 다 되어서야 세탁기를 돌렸던 것이다. 서랍 속에 양말은 죄다 짝이 맞지 않거나 구멍이 나 있었다. 급한 대로 짝이 맞지 않는 양말을 색깔만 맞춰 신었다.

전기밥솥은 여전히 증기를 뿜어내며 취사 중이었다. 급한 마음에 숟가락을 손에 들고 발을 동동거려보았지만 그런다고 밥이 빨리 될 리 없다. 일곱 시 이십 분. 느려터진 밥솥을 기다려줄 시간이 없었다. 남순은 찬장을 열어 누렇게 색이 바랜 플라스틱 통을 꺼냈다. 천 원짜리 몇 개, 오백 원짜리 동전 몇 개…… 남순은 천 원짜리 몇 개를 집었다가 바닥에 깔려 있던 오천 원짜리를 꺼내 주머니 속에 구겨 넣었다.

신발을 신고 현관문을 여는 순간, 전기밥솥의 완료음이 들려왔다.

승리고 정류장에 내린 남순은 느릿느릿 걸으며 주머니 속의 지폐를 만지작거렸다. 아침식사를 생략한 덕분에 시간이 좀 남아 있었다. 조회가 끝난 뒤 매점에서 라면을 사먹을 생각이었다. 김밥집 앞을 지나는데 누군가 골목에서 툭 튀어나와 남순 앞을 가로막았다. 정호 패거리 중의 한 명인 이이경이었다.

"좀 보자."

이경은 턱짓으로 골목 안쪽을 가리켰다. 남순은 손목시계를 내려다보았다. 여덟 시 오 분 전. 지각을 하게 될지도 모르겠다는 생각이 들었다.

골목 안에서 오정호와 이지훈이 기다리고 있었다. 아이들은 선생보다 오정호를 더 무서워했다. 선생에게 개기고, 아이들에게 삥을 뜯고, 누군가 자신의 이름을 부르는 것만으로도 죽일 듯 노려보는 오정호. 아이들뿐 아니라 선생들조차 그를 건드리지 않았다. 하지만 남순이 보기에 정호에 대한 사람들의 두려움이란 경멸의 다른 이름일 뿐이었다. 말하자면 무서워서 피하냐 더러워서 피하지, 라는 식의 경멸.

남순은 순순히 주머니 속에 있던 오천 원짜리를 건넸다. 정호 패거리와 상대하느니 그 편이 훨씬 빨랐다. 남순의 돈을 받아든 이경과 지훈이 담배를 사러 가자, 정호는 주머니에서 담뱃갑을 꺼냈다. 두 개비가 남아 있었다. 정호는 담배를 물더니 남순에게 남은 하나를 내밀었다. 남순은 담배에 눈길도 주지 않고 골목을 나왔다.

"이거 뺏은 거 아니다. 꾼 거다."

등 뒤에서 심드렁한 정호의 목소리가 들렸다. 쳇, 까고 있네. 남순은 손목시계를 내려다보았다.

여덟 시 일 분 전.

남순은 교문을 향해 달리기 시작했다.

여덟 시가 넘었지만 담임은 들어오지 않았다. 남순은 가방을 아무렇게나 내려놓고 창밖을 바라보았다.

"야야, 담탱 병가 냈단다."

교실 중앙에서 반의 소식통인 변기덕의 목소리가 들렸다. 첫날 조회도 시작되지 않았는데 벌써 한 건 물어온 모양이었다.

"근데 포인트는 말이 병가지, 사실은 학교를 그만둔다는 거!"

"만날 몽둥이 들고 설치더니 체벌 금지령 때문에 애들 못 때리게 돼서 병났나 보지?"

남의 일에 관심 많기로는 변기덕 못지않은 김종현의 목소리도 들렸다.

아이들의 이야기에도 창밖만 바라보던 남순은 앞문이 열리는 소리에 고개를 돌렸다. 교단에 서 있는 사람은 담임이 아니라 체구가 작고 앳된 얼굴의 문학 선생 정인재였다. 기덕은 여전히 자기가 알아온 정보를 돌리느라 정신이 없었고, 종현은 우당탕 소리를 내며 책상을 넘어 자기 자리로 갔다.

정인재는 기가 막힌 얼굴로 반 아이들을 바라보았다. 남순도 정인재의 시선을 따라 교실을 둘러보았다. 뒷문과 가까운 쪽에는 외모파 여자아이들이 서로의 얼굴에 화장을 해주느라 정신이 없었다. 교단과 가까운 앞쪽에서는 공부파 아이들이 고개를 숙인 채 문제집을 풀고 있었다. 정호 패거리의 자리는 비어 있었고 대부분의 아이들은 엎드려 자고 있었다.

아이들의 행태는 각양각색이었지만 한 가지 공통점이 있었다. 누구도 교단에 서 있는 젊은 여교사에게 눈길을 주지 않는다는 것. 정인재가 출석부로 교탁을 내려쳤지만 자고 있던 몇몇 아이들이 고개를 들었을 뿐이었다. 정인재가 말했다.

"오늘부터 내가 너희 담임이다. 다른 거 다 필요 없다. 개념 장착들 하시고 기본만 지키면……"

정인재의 말이 끝나기도 전에 뒷문이 열리더니 정호, 이경, 지훈이 들어섰다. 그들은 껌을 질겅질겅 씹으며 교실 뒤편 자리로 갔다. 의자 빼는 소리가 요란했다. 자리에 앉은 정호는 목베개를 하고 머리를 뒤로 한껏 젖혔다.

"회장, 그동안 저 지각하시는 님들은 어떻게 했니?"

1학기 회장인 김민기가 뭐라고 대답하기도 전에 정호가 대꾸했다.

"지각비 걷었는데요. 회장이 아주 잘 걷습니다."

"껌 뱉으시고."

정인재의 기적에 정호는 귀찮은 얼굴로 껌을 뱉더니 책상 서랍 속에 껌을 붙였다. 그리고 목에 괴고 있던 베개를 책상에 내려놓은 다음 얼굴을 파묻었다.

"일어나."

정인재가 말했지만 정호는 꼼짝도 하지 않았다.

"일어나!"

정인재가 소리를 지른 것과 동시에 앞문이 열리더니 엄포스가 들어왔다.

수학 선생인 그의 본명은 엄대웅이지만 다들 그를 엄포스라 불렀다. 승리고 서열 1위이자 슈퍼 '갑'인 그에게 그 이상 잘 어울리는 별명은 없었다. 그렇다고 거칠고 폭력적인 선생인가 하면 그렇지도 않았다. 기다란 지휘봉을 트레이드마크처럼 들고 다니기는 하지만 아이들을 때리거나 험한 말을 하지는 않았다.

그런데도 엄포스와 함께 학생부실에 마주앉아 있으면 주변이 취조실로 변하고, 그가 얇은 입술을 굳게 다물고 흔들림 없는 눈빛으로 쳐다보면 아는 것 모르는 것 할 것 없이 술술 불게 되는 것이었다. 형사가 되었다면 취조의 역사를 다시 썼을 인물이었다.

엄포스의 등장만으로도 교실은 조금 전과 달리 긴장감이 맴돌았다. 남순은 기분이 이상했다. 첫날 조회도 끝나기 전에 학생부장인 엄포스가 나타났다면 중대한 문제가 생긴 게 분명했다. 남순은 학교에 와서 했던 일을 되짚어보았다. 그러나 되짚고 어쩌고 할 것도 없이 늘 그랬듯이 교실 구석에서 창밖을 바라본 기억이 전부였다.

"잠깐만 양해 부탁드리겠습니다."

엄포스는 정인재에게 살짝 고개를 숙여 보인 뒤 아이들을 향해 엄한 목소리로 말했다.

"두 손 책상 위에 얹어, 당장."

소지품 검사를 할 모양이었다. 교실 여기저기에서 다급한 움직임이 느껴졌다. 콤팩트를 숨기는 여자아이, 담배를 숨기는 남자아이…… 엄포스의 날카로운 시선이 교실을 훑더니 뒤쪽에서 멈췄다.

"오정호, 가방 들고 앞으로 나와. 그리고 고남순, 오정호 책상 서랍 뒤져."

남순은 엉거주춤 자리에서 일어났다. 정호는 그렇다 치고 엄포스가 왜 자신을 지목하는지 알 수 없는 일이었다. 남순은 정호의 서랍 속에 손을 넣었다. 아무것도 만져지지 않았다. 없다고 말하려는데, 남순의 손이 서랍 위쪽을 스치면서 껌에 붙어 있던 담뱃갑이 바닥으로 툭 떨어졌다. 남순은 당황하여 고개를 들었다. 놀란 정인재의 얼굴, 인상을 쓰고 있는 오정호의 얼굴, 그리고 이미 예상한 듯 무표정한 엄포스의 얼굴이 차례로 스쳐갔다. 엄포스는 정호와 남순을 바라보며 말했다.
"둘 다 따라와."

학생부실에서 엄포스가 내민 사진 속에는 승리고 교복을 입은 두 남학생이 마주서 있었다. 앞에 서 있는 학생은 카메라에 등을 돌린 채였고 담배를 내밀고 있는 또 한 명은 앞에 서 있는 학생의 뒤통수에 얼굴이 가려져 있었지만, 조금 전 남순과 정호의 모습이라는 것을 금방 알 수 있었다.
"너희지?"
엄포스는 얼굴이 가려진 학생의 운동화를 손가락으로 가리켰다. 남순은 고개를 숙인 채 자신의 발끝을 응시했다. 사진 속 운동화와 똑같은, 낡은 운동화가 보였다. 엄포스는 남순과 정호의 앞에 빈 종이를 놓고 밖으로 나갔다. 이십 분 안에 진술서를 쓰라고 했다.
엄포스가 나가자 정호는 책상에 발을 올린 뒤 상체를 의자 등받이에 기대고 눈을 감았다. 남순은 물끄러미 앞에 놓인 종이를 바라보았다. 종이는 여백이었고 그것은 이십 분 후에도 마찬가지

일 것이었다. 남순은 햇살이 비치는 창문을 멍하니 바라보다가 문득, 평화로운 아침이라고 생각할 뻔했다. 이십 분 후 엄포스가 돌아올 때까지 두 사람은 그렇게 앉아 있었다.

빈 진술서를 본 엄포스는 남순만 교무실로 불러냈다.

"이거 오정호 맞지?"

엄포스가 사진 속 뒷모습을 가리키며 물었지만 남순은 윗니와 아랫니가 맞닿도록 입을 꾹 다물었다.

"오정호가 무서워서 그래? 아니면 의리 때문이야?"

엄포스의 질문에 대답하지 않아야 하는 이유는 그런 것이 아니었다. 남순이 학교생활에 바라는 건 딱 하나뿐이었다. 조용히 사는 것. 공기처럼, 투명인간처럼, 누구의 눈에도 띄지 않는 것.

정호와 얽힌다는 것은 더 이상 조용히 지낼 수 없다는 의미였다. 조용히 지내기는커녕 온갖 골치 아픈 일의 주인공이 된다는 의미였다. 먹잇감에 대한 정호의 집착은 사나운 맹수 같아서 결코 놓아주는 법이 없었다. 1학기 때 전학 간 세 명의 아이 중 두 명이 오정호에게 어떤 일을 당했는지 아이들은 모두 알고 있었다. 졸업할 때까지 있는 듯 없는 듯 지내는 것만이 바라는 것의 전부인 남순에게 정호는 두려운 대상이 아니라 피해야 할 대상이었다.

엄포스의 집요한 질문에도 남순은 묵묵히 고개를 숙이고 서 있었다. 대답할 수 없는 질문에는 침묵을 지키는 것이 가장 좋은 방법이었다. 엄포스는 더 이상 캐묻지 않고 학생부실로 돌아가 있으라고 말했다. 남순이 교무실을 나오자 정인재가 따라 나왔다.

"남순아, 담배 피웠니?"

그것은 어려운 질문이 아니었다. 정호에 관한 질문이 아니라 남순 자신에 관한 질문이므로.

"아뇨."

"그럼 엄 선생님께 아는 대로 다 말씀 드려. 안 그럼 너도 퇴학 당할 수 있어. 상황이 심각해, 지금."

남순은 씩 웃었다.

"설마요. 학교가 뭐 그렇게 허술한가."

남순이 학생부실에서 교실로 돌아왔을 때 2반은 윤리 수업 중이었다. 뒷문으로 들어가려다 복도 벽에 기대서 수업이 끝나기를 기다렸다. 종이 울리자 왁자지껄한 함성과 함께 아이들이 복도로 뛰쳐나왔다. 가장 먼저 뛰어나온 변기덕이 남순에게 헤드록을 걸었다.

"야, 어떻게 된 거냐? 너희 잘린다고 소문 쫙 났는데. 자, 쭉 읊어봐, 하이라이트만 편집해서."

남순은 귀찮은 표정으로 목에 둘러진 기덕의 팔을 풀고 교실로 들어갔다. 자리에 앉자 이번에는 종현과 몇몇 아이들이 몰려들었다.

"지옥에서 살아 돌아온 고남순, 너 진짜 모닝 때렸냐?"

종현이 손가락 두 개를 입에 가져다대며 담배 피우는 시늉을 하자 "야, 고남순 담배 안 피워"라고 이강주가 남순을 두둔했다. 남순은 흘낏 강주를 쳐다본 뒤 만화책을 펼쳐들었다.

강주는 1학기 때 남순의 옆자리였다. 쇼트커트를 하고 교복 스커트 아래 항상 체육복 바지를 입고 다니는 여자애였다. 오지랖 넓고 남의 일에 관심 많은 성격은 기덕과 비슷했지만, 기덕의 참견이 단순한 호기심이라면 강주의 관심은 좀 더 살갑고 따뜻한 느낌이었다. 기덕의 말은 무시하면 그만이지만 강주의 말은 바로 그 때문에, 고맙기도 부담스럽기도 했다.

정호가 들어오자 시끌벅적하던 교실 분위기가 한 풀 죽었다. 정호는 자리에 앉자마자 자기 책상 옆을 지나가는 민기에게 시비를 걸었다.

"회장, 지각비 안 걷냐?"

"내면 좋지."

민기가 무뚝뚝하게 대꾸했다. 남순은 교실 뒤편에서 일어나는 일에 신경을 쓰지 않으려고 했다. 하지만 아무리 만화책에 집중하려 해도 정호의 목소리는 집요하게 귀를 파고들었다.

"야, 회장이 지각비 내란다. 돈 좀 꿔줘라, 지각비 내게."

말이 빌리는 거지 또 삥을 뜯고 있는 것이다. 상대는 한영우였다. 등굣길에 자신에게 삥을 뜯은 건 아무래도 좋다. 그 때문에 학생부실에 끌려가 엄포스에게 시달렸지만 상관없었다. 하지만 일부러 약하고 만만한 상대를 골라 괴롭히는 건 꼴사나웠다.

영우는 특수학교에서 온 아이였다. 말을 더듬고 행동이 굼떴다. 남순은 책을 덮고 교실 뒤쪽을 돌아보았다. 오정호가 영우의 귀싸대기를 갈기고 있었다. 영우의 안경이 바닥으로 툭 떨어졌다.

뺨에는 빨갛게 손자국이 나 있었다. 정호는 쉽게 그만둘 기세가 아니었다. 본격적으로 괴롭히려는지 이경과 지훈이 낄낄거리며 영우를 둘러쌌다.

남순은 정호 패거리를 힐끗 보다가 영우의 옆에서 히죽거리는 이경의 뒤통수를 겨냥해 만화책을 던졌다.

명중.

"어떤 새끼야?"

이경이 벌떡 일어나 주변을 두리번거렸다. 남순은 건성으로 손을 들어 미안하다는 표시를 한 뒤 영우에게 말을 건넸다.

"9권 다 봤는데 10권 너한테 있냐?"

영우가 영문을 몰라 머뭇거리는 사이 남순은 만화책을 집어 들고 제자리로 돌아갔다. 그리고 괜히 책가방을 뒤적거리며 만화책을 찾는 척했다. 그러면서 한편 곁눈질로 정호를 흘깃 쳐다보았다. 정호는 의미심장한 표정으로 남순을 주시하고 있었다. 아무래도 한 번쯤 크게 부딪칠 일이 생길 것 같았다.

*

고남순, 오정호.

사진에 찍힌 두 아이는 6월 학력평가에서 기초학력 미달로 분류되어 있었다. 우등생이었다면 얼굴도 제대로 찍히지 않은 사진 때문에 퇴학을 당할 리 없겠지만 열등생이라면 이야기가 달랐다.

교장은 고남순과 오정호에게 교칙 위반 대신, 학교 명예 실추라는 죄목을 씌웠다. 규정에 따르면 학교 명예 실추는 퇴학 사유가 되는 중차대한 문제였다. 인재뿐 아니라 엄대웅 선생도 퇴학은 지나치다고 생각하는 눈치였지만 교장은 단호했다. 규정이 무너지면 학교가 무너진다는 교장의 말에 인재는 속수무책이었다.

인재는 교무실로 돌아오자마자 출석부를 들여다보았다.

세 명 전학, 두 명 자퇴……

그날 아침 교무회의에서 교감이 인재에게 2반을 맡겼을 때, 다른 선생들이 짓고 있던 표정이 떠올랐다. 김연아 선생은 정교사지만 초임인 자기 대신 경력 5년차 기간제 선생이 2반 담임을 떠맡았다는 데 안도하는 표정이었다. 권남희 선생은 기간제 교사에게 일을 맡긴다는 게 마땅치 않은 눈치였고, 인재와 친한 유난희 선생은 걱정스럽다는 얼굴이었다. 제각각인 그 표정에는 한 가지 생각이 깔려 있었다.

'정 선생, 이제 어떡해.'

2반은 전교 1등인 송하경과 전교 꼴찌인 한영우가 함께 있는 반이었다. 천하의 모범생 김민기와 선생들도 두 손 두 발 다 든 오정호가 있는 반이기도 했다. 한 학기 동안 다섯 명의 학생이 학교를 떠난 반이기도 했고, 수업 태도가 가장 불량한 반이기도 했으며, 사건사고가 끊이지 않는 반이기도 했다.

이제 인재는 다른 선생들처럼 멀찍감치 서서 2반이라는 말에 고개를 절레절레 흔들 수만은 없는 처지였다. 죽이 되든 밥이 되든 이 아이들을 껴안고, 한 명의 낙오자도 없이 다음 학년으로 올려 보내야 했다.

남은 아이들의 수를 헤아리다가 문득 고남순의 사진에 눈길이 머물렀다. 키가 크고 무표정한 아이, 적도 없지만 단짝도 없는 듯 언제나 혼자인 아이, 공부는 못하지만 딱히 말썽도 부리지 않는 아이. 인재는 담배를 피우지 않았다는 남순의 말을 믿었다. 말수는 없지만 거짓말을 할 것 같지도 않은 아이였다.

학교가 뭐 그렇게 허술한가. 조금 전 남순이 했던 말이 떠올랐다.

학교뿐 아니다. 법도, 조직도, 인간관계도, 알고 보면 어느 정도는 허술한 것이다. 남순의 나이일 때는 인재도 자신이 발 딛고 서 있는 세상이 견고하고 안정적인 것이라 믿었다. 하지만 지금은 그 믿음을 확신할 수 없었다. 지금의 인재처럼, 언젠가는 남순도 불편한 진실을 알게 될 것이다. 그러나 그 언젠가가 지금일 필요는 없다는 생각이 들었다.

1교시가 끝난 뒤 인재는 학생부실 앞에서 조금 전 생각해둔 말을 다시 한 번 정리해보았다. 심호흡을 한 뒤 문을 열자 빈 진술서를 사이에 놓고 엄 선생과 두 아이가 마주서 있었다. "부, 부장 선생님" 하고 입을 여는데 목소리가 마구 떨렸다. 인재는 헛기침을 하며 목소리를 가다듬은 뒤 최대한 차분하게 말을 이었다.

"저는 이 아이들의 담임으로서 이번 징계를 받아들일 수 없습니다. 얼굴도 확인되지 않은 사진만 가지고 아이들을 퇴학 처분할 정도로 이 학교가 '허술한' 곳은 아니라고 생각합니다. 그래도 징계를 하시겠다면 저는 끝까지 이의 신청을 할 것입니다."

엄 선생은 아무 대답이 없었다. 어쩐지 분위기가 싸늘했다. 인재는 옆을 돌아보다가 학생부실 한쪽에 나란히 앉아 있는 교장과 교감을 보고 크게 당황했다. 교장은 잔뜩 굳은 얼굴이었고, 교감은 고개를 절레절레 흔들고 있었다. 망했다. 인재는 고개를 꾸벅 숙인 뒤 얼른 학생부실을 빠져나왔다. 뒤따라 나온 엄 선생이 인재에게 따라오라는 눈짓을 했다. 인재는 학생부실에 끌려가는 학생 같은 표정으로 엄 선생을 뒤따랐다.

"이번엔 정 선생님 말씀이 옳습니다."

한바탕 호통이라도 들을 줄 알았는데 의외였다. 엄 선생이 말을 이었다.

"그래도 그러시면 안 되죠. 아무리 옳은 말이라도 적당한 때와 장소가 있는 법입니다."

인재는 고개를 숙였다. 영락없이 선생님에게 야단을 맞는 학생 같은 모습이었다.

"어쨌든 징계는 보류될 겁니다. 그래도 오정호는 담배 소지로 교내봉사 해야 합니다."

그제야 인재의 입가에 웃음이 떠올랐다. 정말 다행이다. 인재는 밝은 목소리로 대답했다.

"네, 제가 확실하게 시키겠습니다!"

길고 긴 오전 시간이 끝나가고 있었다. 조금만 더 있으면 점심시간이다. 마지막 오전 수업인 2반 교실에 들어오기 전 인재는 다시 한 번 마음을 가다듬었다. 다 잘 될 것이다. 그런 마음이 들었다. 남순과 정호의 징계가 보류되었다는 사실이 긍정적인 기분을 주었다.

하지만 수업 분위기는 내내 엉망이었다. 상위권 몇 명만 눈을 빛내고 있을 뿐 대부분의 아이들은 감기는 눈꺼풀과 씨름 중이었다. 남은 몇 분이라도 분위기를 바꿔야겠다고 생각했다. 인재는 교실 뒤편, 엎드려 있는 정호를 바라보았다.

"거기 좀 깨워라."

"재운 분이 깨우세요."

정호와 늘 붙어 다니는 이경이었다. 여기저기에서 낄낄대는 웃음소리가 들려왔다.

"얼른 안 깨워!"

인재가 고함을 지르자 이경이 마지못해 정호를 툭툭 쳤다. 정호는 짜증스러운 얼굴로 고개를 들더니 기지개를 켰다. 다시 수업을 진행하려던 인재는 정호가 휴대폰을 꺼내는 모습을 보고 다가갔다. 인재가 손을 내밀었지만 정호는 고개조차 들지 않은 채 카카오톡 창을 열고 무언가를 입력했다. 아침 내내 그렇게 속을 썩이고도 모자란 모양이었다.

"내놔. 일주일 동안 압수야."

정호는 뻔뻔한 얼굴로 카카오톡을 계속할 뿐이었다. 교실 여기저기에서 한숨 소리가 들렸다. 다른 교과서를 펴는 소리, "그냥 좀 놔두지"라고 투덜거리는 소리도…… 인재는 이 교실에서 누구도 자신의 행동을 이해하려 하지 않는다는 것을, 오히려 정호 때문에 수업을 중단한 자신을 달갑지 않게 여기고 있다는 것을 느꼈다. 하지만 물러설 수 없었다. 인재가 정호의 휴대폰을 낚아채는 순간, 벌떡 일어난 정호가 인재의 손목을 잡았다.

"너, 너……"

인재는 손목을 잡힌 채 놀란 눈으로 정호를 쳐다보았다. 정호의 손아귀에 점점 힘이 들어가는 것이 느껴졌다. 다급히 아이들을 둘러보았다. 시선을 피하는 아이들, 고개를 숙인 아이들, 책에만 눈길을 주는 아이들.

"너네, 너네…… 진짜 이럴 거야? 누가 얘 좀 안 말려?"

정호는 인재의 손목을 살짝 비틀더니 휴대폰을 빼앗아 들고 다시 자리에 앉았다. 그리고 메시지를 마저 입력하기 시작했다. 인재는 황망히 교실을 바라보았다. 고개를 숙인 채 애써 인재를 외면하는 민기, 이어폰을 낀 채 다른 과목을 공부하는 하경, 그리고 무슨 일이 있었느냐는 듯 엎드린 아이들……

곧 종이 쳤다. 아이들이 쏜살같이 교실 밖으로 달려 나갔다. 인재는 시큰거리는 손목을 주무르며 멍하니 그 자리에 서 있었다. 교실에 남아 안쓰러운 눈빛으로 그녀를 바라보는 사람은 남순뿐이었다.

인재는 넋이 나간 채 발걸음을 옮겼다. 교실에서 뛰쳐나온 아이들이 복도를 전력 질주했다. 인재는 아이들 속에서 우뚝 멈춰 섰다. 교실 안에서와 교실 밖에서 아이들은 전혀 달랐다. 조금 전 일 때문인지 생기 넘치는 아이들의 모습이 오히려 생경했다. 교무실로 걸음을 옮기다가 급식 지도를 맡았다는 사실이 떠올랐다.

급식실에서는 조금이라도 일찍 밥을 먹기 위해 서로를 밀치고 떠미는 아이들로 북새통이었다. 인재는 기운을 내서 줄을 정렬하고 새치기하는 아이들을 잡아냈다. 정호 패거리가 급식실 입구에 나타났다. 정호, 이경, 지훈은 천천히 앞쪽으로 걸어가더니 아이들이 비켜준 자리에 끼어들었다.

인재는 딴청을 부리는 정호의 얼굴을 가만히 바라보았다. 아주 잠깐, 모르는 체할까 하는 생각이 들었다. 고개만 돌려버리면 그만이다. 하지만 다음 순간 인재는 까치발을 하고 정호의 귀를 잡아 줄에서 끌어냈다.

"새치기 하지 말랬지. 너 이러고 다니는 거 어머니도 아시니?"

어머니라는 말에 정호의 눈이 번뜩이는 것을 얼핏 보았지만 인재는 개의치 않고 정호의 휴대폰을 빼앗았다.

"안 되겠다, 어머니 오셔야겠어. 지금 어디 계셔? 내가 전화할까, 네가 전화할래?"

"에이 씨, 빡치게. 열라 지랄이네. 안 먹으면 될 거 아냐!"

인재는 잠깐 아무 말도 하지 못했다. 자신이 들은 말을 스스로도 믿기 어려웠다. 인재는 뒤돌아서 나가려는 정호의 팔을 붙잡았다. 이대로 물러서지 않을 작정이었다. 정호가 인재의 팔을 뿌리쳤다.

"진짜 선생도 아니면서 열라 나대네. 기간제 주제에 잘난 척은."

인재의 손이 정호의 뺨을 후려쳤다. 인재의 귀에 손과 뺨이 맞닿는 소리가 급식실의 모든 소리들을 차단시키며 가슴 깊숙이까지 뻗치며 울렸다. 온몸이 떨려왔다. '기간제 주제에'라는 말 때문인지, 정호를 때린 일 때문인지 알 수 없었다. 정호의 표정이 무섭게 일그러져 있었다. 그리고 정호가 주먹을 치켜든 그때였다.

"그만 좀 해, 새꺄."

나지막한 목소리가 들렸다. 인재는 넋이 나간 얼굴로 정호와, 정호의 손목을 붙잡은 남순을 바라보았다. 정호가 남순에게 주먹을 날리려는 찰나, 엄대웅 선생이 급식실 안으로 빠르게 걸어 들어왔다.

"뭐하는 거야!"

인재는 눈물이 쏟아질 것 같아 서둘러 뒤돌아서 걸었다. 급식실을 나가기 전까지, 아이들이 없는 곳으로 갈 때까지, 절대 울어서는 안 된다고 생각했다.

교무실로 돌아오자 인재의 책상 위에는 아이들의 이름이 적힌 명단 하나가 놓여 있었다. 학력부진으로 평가된 열 명을 데리고 방과 후 수업을 개설하라는 지시였다. 인재 옆을 지나던 유난희 선생이 말했다.

"이거 살생부야. 꼬리끼리 모아놓고 여차하면 딱!"

유 선생은 한 손을 칼날처럼 세워 다른 쪽 손바닥을 탁 쳤다. 나도 꼬리인 거죠? 인재는 입 밖으로 나오려는 말을 억지로 삼켰다. 언제든 가차 없이 잘려나갈 수 있는 아이들. 언제든 계약 해지를 당할 수 있는 인재와 다르지 않은 아이들. 인재는 명단의 이름을 손가락으로 짚으며 한 명 한 명 입속으로 불러보았다. 고남순, 오정호, 이이경, 이지훈, 한영우……

마음을 추스를 새도 없이 교장의 호출이 날아들었다. 급식실에서의 일이 결국 교장의 귀에까지 들어가고 만 것이다.

"어떻게 애가 선생한테 폭력을 행사하려 들 수 있습니까?"

조치를 취하게 자초지종을 말하라는 교장의 강요에도 인재는 입을 열지 않았다. 시간이 필요했다. 아직은 정호와 이야기를 나눠보지 못했다. 정호가 어떤 아이인지 알지도 못했다.

"오늘 일은 드릴 말씀이 없습니다. 제가 잘 선도해보겠습니다."

"능력은 돼요?"

인재는 고개를 좀 더 깊이 숙였다. 자신이 어떤 표정을 짓고 있을지 알 수 없었다. 교장에게 기간제 교사란 무능함을 의미할 뿐인지 몰랐다. 신뢰받지 못한다는 것보다 스스로 그 무능함을 자각하고 있다는 것 때문에, 부끄럽고 무안했다.

교장실을 나와 운동장 스탠드에 앉았다. 남자아이들 몇 명이 축구를 하고 있었다. 가을볕이 따가웠다. 베테랑 선생들은 충고했다. 너무 열심히 하지 말라고, 안 될 것 같은 애들은 아예 건드리지를 말라고. 다른 선생들이 학교에서 버틸 수 있는 건 아이들과 적당한 거리를 유지하기 때문인지 몰랐다. 그렇다면 인재의 열정은 서투름의 다른 이름일 것이다.

점심시간이 거의 끝나가고 있었다. 스피커에서 삑삑 소리가 나더니 교장의 공지가 있을 예정이라는 교감의 목소리가 흘러나왔다. 축구를 하던 아이들이 우뚝 멈춰서 스피커 쪽으로 고개를 돌렸다. 인재도 불안한 마음으로 교장의 말을 기다렸다.

"안녕하십니까, 교장 임정수입니다. 제가 이 학교에 부임한 지 육 개월이 지나는 동안, 여러분의 생활 태도가 불량해 지역사회의 항의와 민원이 끊이지 않았고 학교의 기강 또한 무너졌습니다. 이 학교에 더 이상의 관용은 없습니다. 교칙을 위반하는 학생에게는 엄격한 징계가 따를 것이며 필요하다면 퇴학 조치 역시 주저하지 않을 것입니다……"

교장의 말이 계속되었지만 아이들은 별일 아닌 듯 다시 공을 몰며 이리저리 뛰어다니고 있었다. 갑자기 정호에게 잡혔던 왼쪽 손목이 욱신거렸다.

하지만 그보다 더 아픈 건 정호를 때렸던 오른쪽 손바닥이었다.

*

학교가 마치자마자 남순은 심부름 업체로 달려갔다. 겨울방학부터 시작한 심부름 아르바이트가 구 개월째로 접어들고 있었다. 이 일이 아니었다면 아버지가 보내주는 돈만으로는 지난겨울 난

방비를 내기도 힘들었을 것이다.

어떤 일을 하든 진상들은 있기 마련이고 그것은 심부름 아르바이트도 마찬가지였다. 하지만 편의점이나 주유소에 처박혀 사장 눈치를 살피는 데 비하면, 배달의 기수로서 오토바이를 타고 거리를 쏘다니는 이 아르바이트는 꽤 마음에 드는 것이었다. 한겨울에 오토바이를 타는 일은 고역스러웠지만, 요즘 같은 계절에는 이만큼 괜찮은 일도 없었다.

심부름 아르바이트가 거의 끝날 무렵 남순의 휴대전화가 울렸다. 아버지였다.

"아버지!"

반가운 마음에 수화기에 대고 소리쳤다. 하지만 수화기 저편에서 들려오는 목소리는 낯설었다. 경찰이라고 했다.

남순은 아르바이트 할 때 타는 스쿠터를 몰고 파출소로 갔다. 한밤의 파출소는 취객들로 소란스러웠다. 아버지는 파출소 구석에 놓인 긴 의자에 앉아 있었다. 그가 몸을 가누지 못하고 옆 사람에게 상체를 기대자, 역시 술에 취한 옆 사람이 아버지를 밀쳐냈다. 그래도 아버지는 몇 번이나 미끄러지듯 옆 사람 쪽으로 쓰러졌다.

남순은 아버지의 팔을 자신의 어깨에 두르고 허리를 붙잡았다. 파출소 안에서 스쿠터까지 걸어오는 동안 아버지는 몇 번이나 발을 헛디디며 휘청거렸다. 아버지를 뒷좌석에 앉히자 그는 신음 같은 고함을 몇 번 지르더니 앞좌석 쪽으로 푹 쓰러졌다.

"아버지, 술 좀 그만 마셔라."

듣지 못할 것을 알면서도 남순은 그렇게 말했다. 오랜만에 서울에 돌아와 친구들과 약주라도 한 것일까. 하지만 중학교 때 이후 남순은 아버지가 친구를 만나러 가는 모습을 본 적 없었다. 아주 어릴 때에는 남순의 집에도 사람들이 드나들었다. 아버지의 친구들과 동료들이었다. 계속된 실패와 불운이 아버지를 외톨이로 만들었을까.

아버지는 서울에 오는 날이면 죽을 것처럼 술을 마셨다. 어쩌면 아버지는 죽기 위해서가 아니라 살기 위해서 술을 마시는 건지도 몰랐다. 남순도 그랬다. 눈을 뜨면 학교에 가고 학교가 마치면 아르바이트를 한다. 무표정을 가장한 채 그 모든 것을 해내는 것은 그것밖에 할 수 없어서였다. 아버지를 위해서도, 자신을 위해서도. 남순은 아버지의 숙여진 등을 바라보며 한숨처럼 말했다.

"아버지, 나 회장 됐어. 그러니까……"

다음 말을 잇기도 전에 그날 학급임원 선거에서 있었던 일이 스쳐갔다. 한영우가 남순을 추천했고, 반 아이들이 장난처럼 표를 던졌고, 김민기와 똑같은 표를 얻었고, 정호가 남순에게 당해보라는 듯 한 표를 보탰고……

초등학교 때부터 회장은커녕 미화부장 한 번 해본 적 없는 남순이었다. 바라는 것은 멍하니 창밖이나 보다가 무사히 졸업하는 것뿐인데, 필요한 것은 고등학교 졸업장뿐 학창시절의 추억이나 친구 따위가 아닌데, 그런데 이렇게 되어버렸다.

"……그러니까 나 엿 됐다고."

 아버지의 등은 미동조차 없었다. 그대로 잠들어버린 건지도 몰랐다. 남순은 스쿠터 뒷자리에 달린 보관통에서 줄을 꺼내, 아버지의 몸과 자신의 몸을 함께 묶었다. 달리는 도중에 아버지가 떨어질까 봐 속도를 내거나 커브를 돌 수도 없었다. 차들이 남순의 곁을 빠르게 지나갔다.

 등에 기댄 아버지의 몸에서 가느다란 떨림이 느껴졌다.

자세히 보아야 예쁘다.
너도 그렇다

학교 설명회로 학교는 아침부터 부산했다. 예비 학부모와 중학생들이 학교로 모여들었다. 강당에서 학교 설명회가 열리는 시간, 2반은 음악 수업이었다. 아이들이 음악실로 가버린 뒤에도 남순은 자물쇠와 열쇠를 든 채 영우를 기다렸다. 서두른다고 서두르는 모양인데 영우의 몸짓은 답답할 만큼 굼떴다. 남순은 재촉하지 않고 참을성 있게 기다렸다.

영우는 여러 권의 교과서 중에 음악책을 찾는 데만도 한참이었다. 필기도구며 노트를 챙기는 손놀림이 어눌했다. 영우가 볼펜을 떨어뜨리고 두리번거리자, 남순은 바닥에 떨어진 볼펜을 영우의 필통에 넣어주었다. 영우를 데리고 교실을 나가려는데 정호가 앞문으로 들어왔다. 남순이 말을 건넸다.

"음악이야. 음악실로 가."

정호가 피식 웃었다. 같잖게 회장 행세하느냐는 표정이었다. 그는 앞문을 나가려는 영우의 앞을 막아섰다.

"돈 좀 있냐? 오늘도 지각비를 내야 되는데 깜박하고 지갑을 안 가져왔네."

"먼저 음악실에 가 있어."

먼저 음악실로 가 있으라는 남순의 말에 영우의 눈동자가 불안하게 흔들렸다. 정호에 대한 두려움과 남순에 대한 걱정이 뒤섞인 눈빛이었다. 남순이 괜찮다는 듯 미소를 지어 보이자 그제야 영우는 교실을 나갔다. 그렇잖아도 느린 걸음을 더욱 늦추고 몇 번이나 남순을 돌아보았다. 정호는 그런 두 사람을 어이없다는 듯 쳐다보았다.

"왜, 네가 내 지각비 내주게?"

"설마. 아침에 모닝콜은 해줄 수 있는데, 어때?"

남순이 싱긋 웃었다.

정호가 참을 수 없는 건 남순이 자신을 두려워하지 않는다는 것이었다. 정호는 모든 사람들이 자신을 무서워하기 바랐다. 궁지에 몰린 작고 약한 짐승처럼, 꼬리를 말고 몸을 웅크리고 벌벌 떨고 공포에 질린 눈동자로 올려다보길 원했다. 그러나 남순은, 빙글빙글 웃고 있었다. 돌이켜보면 다른 아이들과 달리 남순은 언제나 그랬다. 삥을 뜯길 때도, 담임에게 대드는 정호를 제지할 때도, 그리고 지금도. 남순의 눈에서는 아무 두려움도 찾아볼 수 없었다.

정호는 교실을 나가는 남순의 등을 걷어찼다. 남순이 비틀거리며 앞문에 부딪치자 정호는 남순의 멱살을 잡고 뺨을 갈겼다. 한 번, 두 번, 세 번……

"애들 앞에서 나 바르니까 좋냐? 너 내가 쉽냐?"

정호는 남순을 바닥으로 넘어뜨린 뒤 옆구리를 집중적으로 걷어찼다. 동그랗게 말린 남순의 등이 흔들리고 있었다. 부어오른 얼굴이 고통으로 일그러져 있었다. 그러나 여전히 그의 눈동자에서는 정호에 대한 두려움이 보이지 않았다. 그것이 정호를 미치게 했다.

한순간 남순의 눈빛이 달라지는가 싶더니 남순의 손이 옆에 있던 의자를 움켜잡았다. 허공을 가로지른 의자가 정호의 귀 옆을 아슬아슬하게 스친 뒤 창문을 깨고 바깥으로 날아갔다. 그러나 남순의 손에는 여전히 의자가 들려 있었다. 의자가 날아온 쪽, 남순이 돌아본 곳, 거기엔 영우가 서 있었다. 눈을 질끈 감고 부들부들 떨면서.

영우는 눈을 질끈 감고 있었다. 아마 의자를 던질 때도 눈을 꼭 감고 있었을 것이다. 자신이 던진 의자가 날아가는 것도, 당황한 정호와 남순의 얼굴도 보지 못했을 것이다. 어깨를 움츠린 채 부들부들 떨고 있는 영우는 여느 때보다 더 겁에 질린 것 같아 보였다. 마치 의자를 던진 사람이 자신이 아니라 정호이기라도 한 것처럼.

"에이 씨!"

정호가 잽싸게 교실 밖으로 튀어나갔다. 남순은 창가로 달려가

깨진 유리창 바깥으로 아래를 내려다보았다. 바닥에 내동댕이쳐진 의자, 놀란 얼굴의 교장과 학부모들, 정인재와 엄포스……

"고남순, 너 이 자식!"

엄포스가 올라오고 있었다. 남순은 영우를 돌아보았다. 그는 겁먹은 표정으로 우두커니 서 있었다. 지금만은 느려터진 영우를 참아줄 수 없었다. 남순이 고함을 질렀다.

"도망쳐, 빨리!"

이틀째 학생부실이다. 남순의 맞은편에는 인재와 엄포스가 앉아 있었다. 싸웠느냐는 질문에 남순은 그렇다고 대답했다. 네가 의자를 던졌느냐는 질문엔 아니라고 대답했다. 하지만 엄포스가 누구와 싸웠는지, 누가 의자를 던졌는지 물었을 때는 침묵했다. 남순은 집요한 질문을 듣지 않으려고 머릿속을 비웠다.

아무것도 생각하지 않기.

언제부터였을까. 남순은 자신의 머릿속을 꽉 채우고 어지럽게 뒤섞인 기억들을 정리하지 않았다. 엉킨 실타래를 풀 수 없다면 실타래를 통째로 버리는 게 낫다고 생각했다. 남순은 습관처럼 머릿속을 비웠다. 사람들이 떠나버린 빈 집처럼, 아무것도 쓰이지 않은 빈 종이처럼, 깨끗하게. 그러면 정말 어떤 일도 일어나지 않은 것처럼 느껴졌다.

엄포스가 무어라고 남순에게 말을 건네고 있었다. 하지만 물속에 가라앉은 것처럼, 남순의 귀는 아무것도 듣지 못했다. 남순은 엄포스의 뒤쪽, 학생부실의 눈부시게 흰 벽을 쳐다보았다. 묵비권은 그가 할 수 있는 최선이자 유일한 방법이었다. 제 아무리 엄포스라도 침묵을 이길 수는 없을 것이었다.

학생부실을 나온 남순은 수돗가로 갔다. 뺨이 달아올라 있었고 턱도 얼얼했다. 찬물에 뺨을 식히려고 몸을 숙이자 자기도 모르게 신음소리가 흘러나왔다. 와이셔츠를 올려보았다. 허리께에 시퍼렇게 멍이 들어 있었다.

남순은 자신의 손을 내려다보았다. 의자를 움켜잡았던 감촉이 남아 있었다. 하마터면 던질 뻔했다. 영우가 아니었다면 정호에게 의자를 던지고 주먹을 날렸을 것이다. 예전처럼. 가슴속에 응어리 진 모든 것을 몸으로 풀었던 예전처럼.

그때는 누군가를 때리는 것 말고는 어떻게 자기 자신을 설명해야 할지 몰랐다. 스스로를 설명할 유일한 방식마저 잃어버린 뒤 깨달았다. 자기 자신에게조차 한 번도 스스로가 어떤 사람인지 설명하지 못했다는 것을.

남순은 물을 세차게 틀었다. 살갗이 에이는 듯 차가웠지만 물줄기를 고스란히 맞으며 힘껏 손을 비볐다. 이 손에 묻어 있는 감촉과 기억을 모조리 씻어낼 수 있다면.

"맞지, 심부름?"

누군가의 목소리에 남순은 고개를 들었다. 개학 전날 강남의 입시학원에 케이크 심부름을 갔을 때 봤던 강사였다. 남자는 남순의 옆구리를 흘낏 쳐다보았다.

"맷집 좋더라?"

남순은 수도꼭지를 잠근 뒤 손에 남아 있는 물기를 신경질적으로 털어냈다.

"신경 끄시죠."

"응, 그러려고."

남순은 교실로 들어가려다 잠깐 뒤돌아보았다. 남자는 고급 승용차에 올라타더니 유유히 교문 밖으로 사라졌다.

*

세찬은 학교를 빠져나오자마자 차창을 열었다. 바람이 빠르게 뒤로 밀려나며 머리카락을 흩뜨렸다. 9월이지만 한여름의 바람처럼 후텁지근했다. 학교 설명회에 참석하고 선생들과 인사를 좀 나누었을 뿐인데 몹시 피곤했다. 계속된 불면증 때문일까. 어쩌면 학교라는 공간 자체가 사람을 지치게 만드는지도 모른다.

다시 학교로 돌아오고 말았다. 결코 돌아오고 싶지 않았던 곳이다. 아무리 친한 형의 부탁이었어도 엄연히 불법과외였다. 들어주지 말았어야 했다. 아니 적어도 들키지만 않았더라면, 학교로 돌아오는 일은 없었을 것이다. 대학 동창인 박 검사는 이만하기를 다행이라고 했다. 모교에서 봉사한다 생각하고 한 학기만 버티라고 했다. 박 검의 말처럼 언어 점수를 확 올려주면 전화위복이 될지도 모를 일이다. 기간제 교사든 뭐든 어차피 세찬이 문학2를 맡은 이상, 언어는 최소한 한 등급씩 올라가게 되어 있었다.

문학1을 담당하는 기간제 여교사는 어딘가 어설퍼 보였다. 문학 선생이라면서 세찬의 얼굴조차 모르는 걸 보면, 백만 명이 넘게 들은 전설의 인강 '세찬 언어'를 한 번도 본 적 없는 게 분명했다. 여교사 앞에서 구겨진 자존심이 회복된 건 설명회에서였다. 교장이 세찬을 소개하는 순간 미적지근하던 분위기가 한껏 달아올랐다.

세찬에게 얼굴도장을 찍으려는 학부모들, 자기 아이를 인사시키려는 극성 엄마들. 그것은 세찬에게 익숙한 일이었다. 지난 학력평가에서 서울 시내 178개 고등학교 중 149등으로, 거의 최하위를 기록한 승리고에 예년보다 많은 학생들이 지원한다면 세찬 덕분일 것이었다. 교장이 세찬에게 방과 후 논술반을 개설해달라고 부탁한 것도 모의고사 등급이나 확실하게 올려놓으라는 의미일 터였다. 말이 논술반이지 우등생 특별반이다. 3학년은 이미 늦었으니 2학년 상위권 열 명만 추려내면 될 것이다.

똑같다. 십 년이 흘렀지만 학교는 변한 게 없다. 잘난 놈은 끌고 가고 못난 놈은 버린다. 아이들은 숨기고 어른들은 모른다. 세찬이 담배를 꿍쳐놓았던 자리엔 여전히 누군가의 담배가 있고, 아이들은 끓어오르는 분노를 어떻게 배설해야 하는지 모른 채 싸움박질을 한다.

조금 전 우연히 목격한 싸움이 떠올랐다. 세상의 온갖 분노를 다 걸머쥔 듯 화가 나 있던 아이, 몸을 웅크리고 모진 발길질을 견뎌내던 아이, 그리고 의자를 집어던지고 벌벌 떨던 또 다른 아이…… 누군가는 때리고 누군가는 맞고 누군가는 징계를 당한다. 똑같다. 똑같다. 그 똑같음 때문에 세찬은 학교가 싫었다.

*

인재는 복도를 터덜터덜 걸었다. 이제 겨우 오전이 지나갔을 뿐이다. 하루가 끝나려면 한참 멀었는데 왜 이렇게 피곤한 걸까. 우리 반에서 연이어 터지는 사고들 때문일까.

2반에 들어가 한바탕 소리를 지르고 나온 참이었다. 제발 제대로 좀 하자고, 학급 성적이 전교 꼴찌면 사고라도 치지 말자고. 반은 야단치듯, 반은 애걸하듯 말했지만 그 말 역시 제대로 듣는 아이가 없었다.

복도 끝의 교사 화장실에서 한 아이가 쭈뼛거리며 나왔다. 어깨를 잔뜩 움츠리고 경계하듯 주변을 두리번거리는 아이. 한영우였다. 인재는 고개를 숙이고 교실 쪽으로 걸어가는 영우의 팔목을 잡았다. 영우는 잔뜩 겁먹은 표정이었다. 어쩐지 이 아이가 조금 전 사건과 관련 있다는 느낌이 들었다. 목격자인지도 모른다. 인재는 영우를 빈 과학실로 데리고 간 뒤 부드러운 목소리로 물었다.

"수업시간에 어디 갔었니?"

"화, 화, 화…… 장실."

"여태 숨어 있었던 거야? 힘들었겠다. 유리창 깨진 것 때문에?"

영우는 고개를 끄덕였다.

"혹시 봤니? 누가 그랬는지?"

"제제, 제가요……"

인재는 의외의 대답에 깜짝 놀랐다. 의자는커녕 휴지조각 하나 누군가에게 던지지 못할 것 같은 아이였다. 영우가 더듬거리며 말했다.

"나, 남순이 저 때문에…… 저, 정호에게 마마, 맞았어요. 저, 저도, 나나, 남순이를 보, 보호, 보호, 해주고…… 시시, 싶어서……"

"그럼 선생님한테 먼저 말해주지 그랬어."

"저저, 전, 전학 가, 라고 하실까봐…… 저, 이제 가, 가야 되죠, 저저, 저, 전학?"

'전학'이라는 단어를 말할 때 영우는 유난히 더듬거렸다. 인재는 가만히 고개를 저었다. 안 가도 된다는 인재의 말을, 영우는 믿지 않는 표정이었다. 사실은 인재도 자신의 말을 확신할 수 없었다.

인재는 학교를 빠져나가려다 말고 털썩 운동장 스탠드에 앉았다. 교문을 향해 달려가는 아이들은 감옥을 탈출하는 죄수들 같았다. 일 분도 더 학교에 있고 싶지 않다는 듯, 저 교문만 통과하면 자유라는 듯.

그러고 보니 학교는 감옥과 닮았다. 하루 종일 억압하고 감금한다는 점에서, 끊임없이 감시하고 처벌한다는 점에서. 아이들은 학생이라는 신분을 죄수처럼, 교복을 수의(囚衣)처럼 여기고 있는 게 아닐까. 죄수에게 석방만이 희망이듯 아이들에게도 졸업이 유일한 희망은 아닐까. 저 멀리 유난히 몸짓이 작은 아이가 보였다. 다른 아이들과 달리 영우는 천천히 걷고 있었다.

교장은 이번 일을 그냥 덮겠다고 했다. 예비 학부모들은 물론 학교위원회를 맡고 있는 학부모들까지 보는 앞에서 의자가 날아왔다. 학교폭력이 있었다고 사실대로 밝혔다가는 시끄러운 일이 생길 게 뻔하다. 단순 사고로 처리하고 고남순에게 기물 파손으로 교내봉사를 시키겠다는 게 교장의 결정이었다.

하지만……

인재는 교문을 빠져나가는 영우의 뒷모습을 바라보았다. 진짜 덮어도 되는 걸까? 물론 교장의 말대로 하면 조용히 넘어갈 수는 있을 것이다. 하지만 그게 옳은 일일까? 덮으면 남순이 다 뒤집어쓴다. 덮지 않으면 영우가 전학을 가야 한다.

영우는 승리고에 들어올 때 각서를 썼다. 아주 작은 사고라도 치는 날이면 그 즉시 특수학교로 돌아가겠다는 각서였다. 인재 또한 옛 담임이 각서의 내용을 들먹이며 영우를 윽박지르는 모습을 몇 번 본 적 있었다. 하지만 남순은 괜찮을까? 남순의 억울함과 영우의 전학 중, 어느 쪽에도 선뜻 손을 들어줄 수가 없었다.

인재는 오늘만큼은 학교가 싫었다. 운동장을 가로지르는 아이들처럼 어서 학교를 빠져나가고 싶었다. 어쩌면 모든 사람들이 학교를 싫어하는지 모른다. 선생들도 아이들만큼 학교에 오고 싶지 않아 하고, 아이들만큼 빨리 학교를 벗어나고 싶어하는지 모른다. 인재는 자문해보았다. 나는 어떨까. 그래도 아직, 인재는 학교가 좋았다. 문득 영우도 학교를 좋아한다는 생각이 들었다.

*

　남순은 빈 집에 들어섰다. 방 두 개짜리 좁은 집은 현관문을 열면 바로 싱크대였다. 싱크대에 등을 기대고 바닥에 주저앉았다. 어두웠지만 전등을 켜고 싶지 않았다. 밝은 집에 우두커니 앉아 있으면 혼자라는 사실이 더 캄캄하게 느껴질 것 같았다.
　중학교 때 있었던 그 사건 이후, 남순은 늘 혼자였다. 익숙해서 외로운 줄도 몰랐다. 하지만 아주 가끔은 오늘처럼 누군가에게 속내를 털어놓고 싶은 날이 있었고 그런 날이면 그리운, 그러나 만날 수 없는 얼굴들이 떠올랐다. 오래전에 세상을 떠난 엄마, 지방의 공사장을 떠돌고 있는 아빠, 그리고…… 그 녀석은 어떻게 지내고 있을까.
　지워버린 줄 알았던 얼굴들, 잊힌 줄 알았던 기억들이 하나둘 떠올랐다. 볼 수도 만질 수도 없는 그것들은 밤하늘의 별처럼 어둠 속에서 더욱 선명해졌다. 벽을 더듬어 전등 스위치를 눌렀다. 오래된 형광등은 불안하게 깜빡이다 겨우 켜졌다.
　찬장에는 라면이 종류별로 쌓여 있었다. 아빠가 없을 때는 라면이 주식이었다. 자주 먹어야 하므로 질려선 안 되었다. 남순은 매일 똑같은 라면을 매일 다르게 먹었다. 계란을 풀었을 때 맛있는 라면이 있었고, 밥을 말았을 때 맛있는 라면이 있었다. 어떤 라면은 면발이 우동 같았고 어떤 라면은 눈물 나도록 매웠다. 그 차이를 알고 나니 매일 라면을 먹어도 쉬이 물리지 않았다.

녀석은 매운 라면을 좋아했다. 시중에서 가장 매운 라면을, 고춧가루를 잔뜩 풀어서 먹곤 했다.

"어우, 시원해. 이렇게 먹으면 뭔가 맺혀 있던 게 확 풀리는 것 같지 않냐?"

그렇게 말하며 국물까지 깨끗이 비워내기도 했다.

남순은 늘 누군가를 때렸지만 가장 때리고 싶은 것은 자기 자신이었다. 누군가를 때린다는 것은 필연적으로 누군가에게 얻어맞을 수 있다는 의미였고, 어떨 때는 때리는 것보다 맞는 데 더 쾌감을 느끼기도 했다. 위장이 쓰릴 정도로 매운 음식을 몸속으로 흘려보내는 일은 스스로를 두들겨 패는 것과 비슷할지 몰랐다.

녀석이 생각나서일까, 남순은 가장 매운 라면을 골랐다. 냉장고 구석에서 시들어가던 청양고추를 모조리 집어넣고 고춧가루를 잔뜩 풀었다. 그러고도 왠지 성이 차지 않아 후추를 잔뜩 뿌렸다. 불을 끈 뒤 가스레인지 앞에 선 채로 국물부터 떠먹기 시작했다. 앉은뱅이 밥상을 펼치거나 김치를 꺼내는 것조차 귀찮았다.

라면 국물이 목구멍을 타고 내려가자 코끝이 알싸해지면서 눈물이 핑 돌았다. 매운 맛의 서슬에 가슴이 뻥 뚫리고 온몸의 땀구멍이 활짝 열렸다. 속이 아리고, 땀이 흐르고, 눈물이 맺혔다. 남순은 그런 신체의 반응에 저항하듯 냄비바닥이 드러날 때까지 꾸역꾸역 라면을 먹어치웠다.

면발 하나 남지 않은 냄비를 개수대에 던져놓고 바닥에 모로 누웠다. 아무의 체취도, 아무의 온기도 느껴지지 않는 집. 윗목의 한기만큼 남순을 외롭게 하는 것은 없었다. 갑자기 옆구리에 통증이 느껴졌다.

괜찮다, 괜찮다.

남순은 몸을 웅크리고 중얼거렸다. 괜찮다고 혼잣말로 되뇔수록 자신이 괜찮지 않다는 생각이 들었지만, 그 말 말고는 스스로를 다독일 방법을 알지 못했으므로 남순은 몇 번이고 그렇게 중얼거렸다.

괜찮다, 아직은, 괜찮다……

*

세찬은 교무실 앞 복도에 붙여진 게시물을 보며 혀를 찼다. 선도위원회의 공고였다.

'대상, 고남순, 징계, 교내봉사 일주일, 사유, 학교 기물 파손.'

개판이다. 때린 놈 따로, 던진 놈 따로, 벌 받는 놈 따로. 하지만 어차피 관심 없다. 학교도 세상처럼 부조리한 곳이고, 언어등급 외에 세찬이 신경 써야 할 일은 없으니까.

세찬은 자기 쪽으로 다가오는 여학생을 보고 눈썹을 살짝 치켜

올렸다. 낯이 익다 싶더니 세찬의 학원에 다니는 학생이었다. 이름이 송하경이던가. 그러고 보니 뭔가 이상했다. 세찬학원은 특목고 학생 외에는 받지 않았다. 전학을 온 걸까.

"부탁이 있는데요, 저 아는 척하지 말아주시면 안 돼요?"

세찬이 멋쩍은 표정으로 바라보자 하경은 세찬을 똑바로 쳐다보며 말을 이었다.

"절대로 저 모르시는 거예요."

하경은 자기 할 말만 하더니 휙 돌아서서 제 갈 길을 갔다. 세찬은 다시 혀를 찼다. 누가 애를 저 따위로 가르쳤을까. '절대로' 뒤에는 부정이 와야지. 절대로 저를 아는 체하시면 안 돼요, 뭐 이런 식으로. 비문을 사용하는 건 거슬리지만 하경의 부탁 또한 신경 쓸 문제가 아니었다. 해달라는 대로 해주면 될 일이었다.

하경을 보아서인지 학원에서의 마지막 날이 떠올랐다. 마지막 수업이지만 누구도 아쉬워하는 기색이 없었다. 수업이 끝나갈 무렵, 한 아이가 진짜 오늘이 마지막 수업이냐고 물었다. 세찬은 그렇다고 대답했다. 또 다른 아이가 물었다. 그럼 이제 어떡할 거냐고.

세찬은 알고 있었다. 세찬이 아이들에 관해 성적 말고는 아무것도 궁금해 하지 않듯, 아이들 또한 세찬에 관해 수업 말고는 어떤 것도 궁금해 하지 않는다는 것을. 앞으로 어떻게 할 거냐는 말은, 그러므로 세찬의 일신에 관한 질문이 아니라 세찬이 떠남으로써 받을 수 없어진 파이널 특강에 관한 질문일 것이었다. 세찬은 파이널 특강 대신 아이들이 '황금노트'라 부르는 그의 핵심 교재를 나눠주었다. 일종의 선물이었다.

 문제집을 거의 다 나눠주었을 때 뒷문이 벌컥 열리더니 웬 남자아이가 케이크 상자를 들고 들어왔다. 세찬이 가르치는 아이들과 비슷한 나이대로 보였다. 열여덟, 혹은 열아홉. 여학생 하나가 돈을 지불하는 사이, 세찬은 그 남학생에게도 황금노트를 건넸다. 집에 가서 풀어보라는 말에 남자아이는 멀뚱히 세찬의 얼굴을 쳐다보았다.

 학생들은 황금노트를 가지기 위해 많은 돈을 내고 세찬의 강의를 들었다. 아무에게나 공짜로 줄 수 있는 게 아니었다. 그런데 왜 그랬을까. 그냥 선심을 좀 쓰고 싶었다. 마지막 수업이라 센티멘털해졌는지, 또래 아이들이 학원에서 공부하는 사이 아르바이트를 해야 하는 그 아이가 안 돼 보였는지, 아니면 학생들이 환송 파티를 준비했다는 사실을 알고 기분이 좋아져서 그랬는지.

 "필요 없는데요."

 순간 잘못 들은 줄 알았다. 고등학생이라면 누구나 가지고 싶어 하는 강세찬의 황금노트가 아닌가. 거스름돈을 건네받은 남자아이는 노트엔 눈길조차 주지 않은 채 나가버렸다. 세찬이 열없이 아이들을 둘러보는데 앞자리에 앉은 하경이 급하게 가방을 챙겨 자리에서 일어났다. 마치 그 아이를 쫓아나가듯이.

 "자, 그럼 파티 할까?"

 세찬의 말에 아이들은 어리둥절한 표정이었다. 선생님도 낄 거냐는 표정. 케이크를 주문한 여학생이 앞에 앉은 남학생을 가리키면서 생일이라고 했다. 세찬은 당혹감과 무안함을 감추며 이미 알고 있다는 듯 대답했다.

"그러니까, 어서 하라고."

강의실을 나가기 전 마지막으로 학생들을 돌아보았다. 초에 불을 붙이고 생일빵을 하느라 아이들은 분주했다. 잘 가라는 말도, 고마웠다는 말도, 할 겨를이 없을 것이다. 친구 생일이니까. 그러니까, 어서 하라고.

그것이 세찬과 아이들의 작별인사였다.

세찬의 첫 수업은 2반이었다. 다른 선생들의 말대로라면 수업 태도가 가장 불량하고 성적도 꼴찌인 반이다. 세찬은 와자지껄하게 떠들어대는 아이들을 말없이 쳐다보았다. 아이들은 조용히 하라는 말도, 수업하자는 말도 없이 차갑게 자신들을 응시하는 낯선 선생을 보고 기가 눌렸는지 제풀에 조용해졌다. 그제야 세찬은 입을 열었다.

"내 시간에 떠들지 마라. 조용히 해라, 어째라, 할 시간 없다. 같은 맥락에서 차렷 경례도 생략이다."

세찬은 앞줄에 앉아 있던 여자아이의 노트를 집어 들었다. 표지에는 '남경민'이라는 이름이 적혀 있었다. 노트가 꽤 빼곡한 걸 보니 공부깨나 열심히 하는 아이인 모양이었다. 세찬은 노트를 펼치고 획획 넘겼다. 줄거리 요약, 등장인물 분석, 거기다 감상문까지. 쓴웃음이 나왔다. 요즘도 이런 걸 시키는 선생이 있나 보다.

세찬은 교탁으로 걸어갔다. 그리고 경민의 노트로 칠판을 탁탁 쳤다.

"앞으로 줄거리 요약 등등 절대 하지 마라. 시간 낭비다. 수능의 답은 지문에 있다. 즉, 지문만 이해하면 맞출 수 있는 문제를 전문을 읽고 생긴 선입견 때문에 틀릴 수 있다는 거다. 앞으로 내 시간에는 수능에 맞춘 공부만 하게 될 거다. 내 수업은 그냥 듣기만 해도…… 어이, 거기!"

세찬의 말이 채 끝나지도 않았는데 누군가가 책상에 엎드리고 있었다. 아이는 부스스한 얼굴로 다시 몸을 일으켰다. 심부름이었다.

"왜 잠을 청하시나?"

"전 수능 안 볼 건데요. 대학 안 가요."

세찬이 황금노트를 내밀었을 때 무심하게 필요 없다던 그날과 다르지 않았다.

"좋다. 대학 가실 생각이 없으셔서 잠이나 주무셔야겠다 싶은 분은 지금 일어나 교실 밖으로 나가라. 출첵 안 할 테니까 쭉 들어오지 마라."

세찬의 말이 끝나자마자 남순은 교실 밖으로 나갔다.

"또 나갈 사람? 오늘 아니면 기회 없다."

또 한 명이 일어났다. 키가 작고 어깨를 잔뜩 움츠린 남학생. 학교 설명회 날 본 녀석이었다.

남순은 자신을 따라 나온 영우를 쳐다보았다.

"호호, 혼자는 시, 심심하잖아."

영우의 얼굴을 이렇게 가까이에서 보는 건 처음인 것 같았다. 영우가 뒤통수를 긁적이며 멋쩍게 웃자, 동그란 안경 속의 눈이 초승달처럼 가느다래지면서 보조개가 파였다. 어린아이처럼 무구한 웃음이었다.

"왜 던졌냐, 의자?"

"너, 너⋯⋯ 너도 나, 나 위해서⋯⋯ 마, 만화책 던져 줘, 줬으니까. 고, 고, 고마워."

남순은 피식 웃었다. 고마운 건 자신이다. 영우가 던지지 않았다면 남순이 던졌을 것이다. 그러면 오래 전 결심은 산산조각 났을 테고, 일은 걷잡을 수 없을 만큼 커졌을 것이다. 남순은 영우를 데리고 옥상으로 갔다. 쉬는 시간이나 점심시간에 남순이 곧잘 시간을 때우는 곳이었다.

남순은 옥상 구석에 있는 평상에 드러누웠다. 태양이 눈부셨다. 눈을 감자 작고 어지러운 빛이 눈꺼풀 속에서 명멸했다. 같이 잠이나 자다 갈 생각이었는데 영우는 난간에 우두커니 선 채 안절부절 못했다.

"괘, 괜찮을까? 때때, 땡땡이는⋯⋯ 처음인데."

남순은 몸을 일으켰다. 영우는 남순보다 더 공부를 못했다. 하지만 은근히 범생이다. 지각을 하는 것도, 결석을 하는 것도 본 적이 없다. 수업 시간에 졸지도 않았다.

"넌 학교가 좋냐?"

영우는 고개를 끄덕였다. 남순이 아는 사람 중에 학교를 좋아하는 아이는 영우가 유일했다. 학교든 뭐든, 무언가를 좋아한다는 건 남순에게 익숙하지 않았다. 딱 한 번 남순도 좋아했던 대상이 있었다. 좋아했으므로 그 녀석과 같이 하고 싶었고, 좋아했으므로 그 녀석을 지켜주고 싶었다. 결국은 같이 하지도, 지켜주지도 못했지만.

"학교가 왜 좋냐?"

영우는 자신이 입고 있는 교복을 내려다보았다.

"나…… 난 교복이 좋아. 스…… 스, 승리고 교복을 입으면, 나, 나도…… 그…… 그, 그냥 학생 같아. 애, 애자 말고 펴…… 펴, 평범한…… 학생."

남순은 칼라 깃을 만지작거리는 영우를 말없이 바라보았다. 맞장구를 칠 수도, 그게 뭐 좋으냐고 면박을 줄 수도 없었다.

남순은 한 번도 교복이 좋다고 생각해본 적 없었다. 똑같은 차림을 하는 것은 좋아할 일이 아니니까. 남순뿐 아니라 대부분의 아이들이 남들과 똑같아지고 싶어하지 않았다. 나는 다르다고, 나는 특별하다고, 그것이 또래 아이들의 자의식이었다. 하지만 영우는 똑같아지고 싶어한다. 평범해지고 싶어한다.

종이 울렸다. 남순은 옥상을 내려가려다 계단 아래에서 들려오는 교장의 목소리에 멈춰 섰다.

"……한영우라면 그 특수학생 아닙니까? 말도 더듬고 좀 모자란……"

 남순은 얼른 뒤따라 오던 영우의 귀를 막았다. 계단 아래 서 있는 교장과 정인재의 모습이 보였다. 영우는 남순이 재미있는 장난을 친다고 생각하는지 헤헤, 소리를 내며 해맑게 웃었다.
 "한영우 어머니 오시라고 하세요."
 "저 근데, 영우가 그럴 만한 사정이……"
 그날 아침 인재는 상담실로 남순을 불렀다. 그리고 누가 의자를 던졌는지 묻는 대신, 왜 의자를 던진 사람을 말해주지 않는지 물었다. "고자질하기 싫어서요." 인재는 남순이 의자를 던지지 않았다는 것을 알고 있었다. 영우가 다 이야기했다고 했다. 그리고 지금, 남순은 영우의 귀를 막은 채 인재가 했던 말을 떠올리고 있었다.
 "쌤이 알아서 할게. 걱정 마, 쌤도 고자질은 안 해."

*

 산 넘어 산이다. 선도위원회에 회부된 남순을 겨우 빼냈더니, 이번엔 영우가 전학을 가게 생겼다. 강세찬 때문이다.
 문학2 시간이 끝난 뒤 남순을 찾았더니 애들 말이 가관이었다. 대학 안 간다고 했다고 강세찬 선생이 쫓아냈다는 것이다. 할 수 없이 부회장 하경에게 숙제 노트를 걷어오라고 했더니 강세찬 선생이 그런 숙제는 하지 말라고 했단다. 인재는 교무실로 돌아가자마자 세찬을 바깥으로 불러냈다. 사람들이 없는 곳을 찾다가 옥상으로 이어지는 계단 아래로 갔다.

"책을 읽어야 문제를 풀 능력이 생기죠."

"잡다한 지식이 많으면 묻는 답 안 쓰고 자기가 아는 답 쓰게 됩니다. 그럼 틀리고, 대학 똑 떨어지고, 다 검증된 사실인데 너무 안일하게 수업하시는 거 아닙니까?"

얼굴이 화끈거렸다. 강남 최고의 강사라니 수업방식에 있어서는 세찬이 한 수 위일지 몰랐다. 그래도 여전히 양보할 수 없는 문제가 있었다.

"어떻게 학생을 내쫓을 수가 있어요? 여기는 대학 가는 요령만 가르치는 학원이 아니라 인성 교육까지 하는 학교라고요."

"교육 한 번 잘 하십니다. 학폭 들킬까봐 기물파손으로 덮는 게 교육입니까? 때린 놈 대신 두들겨 맞은 놈한테 기물파손 뒤집어씌우는 게 교육이냐고요? 제가 다 봤습니다."

너무 황당해서 대꾸조차 할 수 없었다. 봤으면서 아이들이 싸우도록 방치했던 말인가. 인재가 말을 잇지 못하자 세찬이 이죽거렸다.

"의자 던진 놈은 또, 그 반 꼴찌라면서요? 한영우. 진짜 몰랐어요? 몰랐으면 무능한 거고 알고 덮었으면 비겁한 겁니다."

아, 그때 교장이 지나가지만 않았다면. 그래서 영우의 이름만 듣지 않았다면.

인재의 연락을 받고 한달음에 달려온 영우 어머니는 행색이 초라했다. 선도위원회로 자주 학교에 들락거리는 민기 어머니나 은

헤 어머니보다 십 년은 더 늙어 보였다. 그녀는 희끗희끗한 머리를 연신 숙이며 전학 가지 않을 방법을 알려달라고 했다.

"영우가 학교를 너무 좋아해요."

영우 어머니의 그 말이 아프게 가슴에 남았다. 인재가 본 영우도 누구보다 학교를 좋아하는 아이였다. 삥을 뜯기고 왕따를 당하면서도 수업시간이면 눈을 초롱초롱하게 빛내고 있었다. 비록 다른 아이들처럼 수업을 이해하지는 못해도, 남들과 나란히 수업을 듣고 있다는 것만으로 충분히 만족스러운 모양이었다.

인재는 교무실로 돌아가자마자 엄대웅 선생을 찾았다. 선도위원회에서 전학 권고를 받으면 꼭 따라야 하는지 묻자, 엄 선생은 부모가 거절하면 된다고 했다. 각서를 썼더라도 상관없다는 것이다.

"괜히 나서지 마. 자기는 아직……"

인재의 옆을 지나던 유난희 선생이 한마디 했다. 인재는 유난희 선생이 하지 못한 뒷말이 무엇인지 알았다. ……기간제잖아.

문제를 일으키거나 교사로서의 자질을 의심 받으면 기간제 계약은 언제든지 해지될 수 있었고, 해고 통보를 받으면 다른 학교로 옮기는 것도 쉽지 않았다. 교장들은 기간제 교사를 채용하기 전 각 학교에 전화를 돌려, 어떤 선생이 무슨 사고를 쳤고 전 학교에서 어떠했는지 시시콜콜 주고받곤 했다.

인재는 교장실 앞에 섰다. 노크를 하려고 손을 들었다가 다시 내렸다. 심호흡을 하며 마음을 가다듬고 있는데 안쪽에서 문이 열리더니 선도위원회 회장인 민기 어머니가 나왔다. 민기 어머니는 고개만 까딱 숙여 보인 뒤 인재를 지나쳐갔다. 잠깐이었지만 어쩐지 인재를 쳐다보는 눈빛이 곱지 않은 듯 느껴졌다. 교장실로 들어간 인재는 조심스럽게 말을 꺼냈다.

"영우 어머니는 전학 보내고 싶어하지 않으세요. 영우가 학교를 너무 좋아한다고요. 저도 그렇게 생각하고 있고요."

"영우 어머니께서 직접 그렇게 말씀하셨나요?"

"아니요, 거절할 수 있다는 것조차 모르시고 계세요."

교장은 종이 한 장을 건넸다. 종이를 받아든 인재는 당황해서 어쩔 줄 몰랐다. 맨 위에는 '담임 교체 청원서'라고 적혀 있었고, 아래에는 선도위원회 회장을 비롯한 학부모들 21명의 도장이 찍혀 있었다. '약하다', '아이들에게 쉽게 휘둘린다', '장악력이 의심된다', '통솔력이 부족하다', '젊은 여자다'. 청원서를 든 인재의 손이 가늘게 떨렸다. 수치심보다, 모멸감보다, 밀려드는 자책감을 견디기가 힘들었다.

강세찬 때문이다. 그렇게 생각하고 싶었다. 강세찬의 탓으로 돌리며 자책감은 애써 묻어두었다. 그러나 정말 강세찬 때문이었을까. 몰랐으면 무능한 거고 알면서 덮었으면 비겁한 거라던 말. 그때 아무 대답도 할 수 없었던 건, 스스로 그 비겁함을 알고 있었기 때문이 아니었을까.

교장의 지시가 아니었더라도 덮었을 것이다. 전날 스탠드에서 영우의 뒷모습을 보았을 때, 남순에게는 미안하지만 이것이 가장 좋은 방법이라고 생각했다. 오늘 아침 선도위원회 공고를 보았을 때도, 어쩔 수 없다고 생각했다.

하지만 정말 어쩔 수 없는 일이었을까? 영우에게, 그리고 남순에게, 이것이 인재가 할 수 있는 최선이었을까? 저 청원서에 적힌 문장들처럼, 강세찬이 했던 말처럼, 담임의 무능함과 비겁함이 한 아이에게 억울한 죄를 덧씌우고 또 다른 아이를 학교 바깥으로 쫓아내는 결과를 불러온 것은 아닐까? 인재는 그 모든 물음표에 대답할 자신이 없었다. 그저 열심히 하겠다고 머리를 숙일 뿐이었다.

*

세찬이 출근했을 때 남순은 교무실 앞 게시판에 서 있었다. 세찬은 남순의 옆얼굴을 힐끗 쳐다보았다. 무슨 일인지 잔뜩 화가 난 표정이었다. 세찬은 남순이 보고 있는 게시물을 보았다. 선도위원회 공고가 바뀌어 있었다.

'대상, 한영우. 징계, 출석정지 5일, 사유, 학교 기물 파손.'

결국 이렇게 되었군. 세찬은 피식 웃으며 옆에 있는 게시물을 보았다. 세찬이 개설한 논술반 지원자 명단이었다. 열 명 모집이라고 했는데 적혀 있는 이름은 어림잡아 백 명은 되어 보였다. 옆에는 또 하나의 게시물이 붙여져 있었다. 기초학력 부진학생 보충반 명단이었다.

교무실에 들어서자 옆자리 정인재 선생이 고남순과 이야기를 나누고 있었다.

"지각비는 왜 안 걷겠다는 거니? 영우 때문에 선생님한테 화났어? 근데 선생님도 어쩔 수가 없었어."

세찬은 무심하게 자리에 앉아 노트북을 켰다. 교감에게 제출할 수업계획서를 작성해야 했다. 한글문서를 클릭하는 순간 남순의 볼멘 목소리가 들렸다.

"어쩔 수 없으니까 약속은 어겨도 되고, 어쩔 수 없으니까 때린 놈은 빠져나가도 되고, 어쩔 수 없으니까 선생님은 쏙 빠지면 되고, 지각비든 삥이든 뻑하면 돈 내라고 하고, 안 내면 협박하고. 선생님이, 아니 학교가, 오정호랑 다를 게 뭐예요?"

남순은 인사도 하지 않은 채 교무실을 나갔다. 세찬은 정인재 선생을 돌아보았다.

"참 바른 말 쩌네. 쟤 기초학력 부진 학생이던데 맞아요? 말 참 잘하네."

정인재 선생은 아무 대꾸가 없었다. 슬쩍 돌아본 그녀의 얼굴은 무척 괴로워 보였다.

"선생질은 왜 그만뒀나?"

점심시간, 세찬은 옛 은사인 조봉수 선생과 이야기를 나누고 있었다. 학교에 온 첫날부터 조 선생이 있어 안심이 되었다. 체육 교사인 그는 세찬이 학교를 다닐 때에도 학생들에게 존경받는 몇 안 되는 교사였다. 학생들에게는 늘 '제자님'이라 부르며 존대했고, 어떤 잘못을 해도 목소리 한 번 높인 적 없었다. 그러면서도 학생의 잘못을 타이를 때는 카리스마랄까, 거역할 수 없는 강인함이 느껴졌다. 선생이 없을 때면 학생들은 함부로 선생 이름이나 별명을 불렀지만, 내놓은 날라리들도 그에게만은 조봉수 선생님이었다.

교사 신분으로 학교에 와 보니 조 선생을 존경하는 건 학생들만이 아니었다. 선생들도 어려운 일이 있을 때면 조 선생에게 의지하는 것이 관습처럼 굳어 있었다. 조 선생은 학생들에게 인정받는 선생이자, 선생들의 선생이었다. 학생이든 선생이든 그는 자신의 의견을 구하는 모든 사람들에게 항상 인자한 얼굴로 현답을 해주었다.

"서울 법대 갈 성적인데도 선생 하겠다고 사대 가지 않았나. 근데 왜 일 년도 못 버티고 학원으로 갔어?"

아주 잠깐, 조봉수 선생이라면 그 이야기를 할 수 있지 않을까 하는 생각이 들었다. 하지만 세찬은 눙치듯 가볍게 대답했다.

"학원 강사도 선생인데요, 뭐."

"선생은 제자가 있어야 선생이지."

조봉수 선생이 허허 웃었다. 사람 좋은 그 너털웃음도 예전 그대로였다.

"학원에도 학생 많습니다. 외람된 말이지만 선생님이 평생 가르치신 학생보다 제 학생이 더 많을걸요. 제 인터넷 강의 들은 학생이 백만이 넘습니다."

"그건 고객이고. 싫으나 좋으나 지지고 볶아야 제자지."

조봉수 선생은 여전히 웃는 얼굴이었지만 그 순간 세찬의 얼굴이 딱딱하게 굳었다.

"그런 제자, 가지고 싶지 않습니다."

"그래도 수업시간에 애를 밖에다 세워놓는 건 하지 말게. 학교에 온 애들을 선생이 내쫓으면 그 놈들이 어딜 가겠나."

조 선생은 자리에서 일어나더니 뒷짐을 지고 천천히 걸었다. 세찬은 말없이 그 뒤를 따랐다. 다시 학원에서의 마지막 수업이 떠올랐다. 제자 따위 가지고 싶지 않은데, 왜 작별인사조차 없는 아이들에게 서운한 마음이 들었던가.

문학2 수업이 끝난 뒤 세찬은 혼자 복도에 서 있는 남순에게 다가갔다. 수업 시작 전에 이제부터는 나가지 않아도 된다고 했는데 꽤 고집이 센 녀석이었다. 솔직히 남순이 교실에 있든 말든 별로 상관없었다. 하지만 조봉수 선생의 말이 마음에 걸렸다. 세찬은 고개를 숙인 채 바닥을 툭툭 차고 있는 남순을 바라보았다.

"어이, 심부름. 이제 그만 내 수업 들어오지? 꼭 대학에 가지 않아도 들어두면 다 약이 된다. 배워야 힘이 생기고 힘이 있어야 억울한 일도 안 당해. 한영우 봐라, 힘 없으니까 그런 일 당하지. 나 아니었으면 너도 지금쯤 교내 봉사 중이셨을걸?"

남순은 고개를 번쩍 들었다. 선생님이었느냐는 표정. 세찬은 피식 웃었다. 의리를 지켜야 하는데 세찬이 그것을 깨서 분한 모양이었다. 그 또래 남자아이들의 의리가 어떤 건지, 물론 세찬도 알고 있었다. 그도 그랬으니까. 하지만 의리도 힘 있는 자들이나 지킬 수 있는 것이다. 고등학교 졸업장만 달랑 쥔 채 세상에 던져진 스무 살짜리에게는 의리조차 사치라는 것을, 지금은 이 아이에게 아무리 설명해줘도 소용없을 것이다.

"안 자면 안 쫓아낸다. 그러니까 들어와라."

"싫은데요."

남순은 세찬은 똑바로 쳐다보았다.

"지금까지는 쫓겨나서 못 들어갔지만 이제부턴 제가 안 들어가는 겁니다. 학원 강사 수업 따위, 듣기 싫거든요."

세찬은 교실로 들어가는 남순의 뒷모습을 쳐다보았다. 그는 제자가 필요하지 않았다. 이 아이들을 제자로 여기지도 않았다. 하지만 이 아이들 또한 자신을 선생으로 여기지 않는다는 사실을 새삼 깨닫자 뒤통수를 얻어맞은 기분이었다.

*

종례시간, 인재는 지각한 아이들에게 시를 외우게 하고 있었다. 지각비를 내지 않는 대신 시를 한 편씩 외우기로 방침을 바꾼 것이다. 남순도 그날 지각을 했다. 전날 인재가 교장에게 고자질하는 모습을 보아서인지 오늘 아침엔 유난히 학교에 오기가 싫었다.

적어도 인재는 약속을 지키는 어른이라고 생각했다.

　오후에 세찬에게 훈계를 듣다가 인재에 대해 오해했다는 것을 깨달았지만 화는 풀리지 않았다. 인재가 고자질을 했든 세찬이 고자질을 했든 영우가 징계를 받는다는 사실은 바뀌지 않는다. 그리고 남순이 영우를 위해 할 수 있는 일은 아무것도 없다. 아무도 영우를 지키지 못한다. 담임도, 학교도, 그리고 남순도.

　결국 영우는 전학을 가게 될 것이다. 그 좋아하는 승리고 교복도 입지 못하게 될 것이다. 남순은 좋아하는 것이 하나도 없지만, 무언가를 좋아한다는 게 어떤 마음인지는 알고 있다. 무언가를 좋아한다는 건, 그 무언가를 지키고 싶은 마음이다. 결코 뺏기고 싶지 않은 마음이다.

　그러나 영우는 힘이 없다. 세찬의 말처럼 힘이 없어서, 대단치도 않은 승리고 교복조차 지키지 못하는 것이다. 그래서 남순이 대신 지켜주고 싶었는지 모른다. 교내 봉사를 하게 된다 해도 영우가 계속 승리고 교복을 입을 수 있다면 억울하게 벌을 받는다는 기분 따위 아무것도 아니었을 것이다.

　창밖을 바라보던 남순은 아이들의 웃음소리에 고개를 돌렸다. 기덕이 시치미를 뚝 뗀 채 시를 외우고 있었다.

　"아닌 척, 못 들은 척, 가시 박힌 코웃음. 이상해. 다, 다, 다. 조금만 내게 친절하면 어때, 무뚝뚝한 말투 나무 아파, 이런 게 익숙해져 가는 건 정말 싫어."

　소녀시대의 노래 가사였다. 아이들이 한두 명씩 음정을 실어 따라 부르자 때 아닌 합창이 시작되었다.

"독이 베인 네 말에 나 상처 입고도 다시 준 두 번째 찬스, 넌 역시 트러블, 트러블, 트러블, 때를 노렸어, 너는 슛슛슛, 나는 훗훗훗……"

기덕이 우스꽝스러운 동작으로 춤을 곁들이자 아이들은 책상을 치며 숨이 넘어갈 듯 웃어댔다. 인재도 기가 찬 듯 웃었다.

"변기덕, 넌 내일 다시 외워 와."

"아 쌤, 이것도 시예요, 사랑시."

"됐고. 다음은…… 고남순, 외워봐."

남순은 입을 꾹 다물고 인재를 쳐다보았다. 아는 시 같은 건 없다. 그렇다고 기덕처럼 넉살을 부리며 넘어갈 마음도 없다.

"……안 외울거니?"

"……"

"종례 끝날 때까지 뒤에 가서 벽 보고 서 있어."

남순은 교실 뒤로 갔다. 흰 벽을 마주보고 섰다. 뒤에서 교실 문이 열리는 소리가 들리더니 교장의 목소리가 들렸다.

"한영우 학생이 가기 전에 인사하고 싶다고 하네요."

아까부터 비어 있던 영우 자리가 마음에 걸렸는데 이렇게 빨리 가버릴 줄은 몰랐다. 등 뒤에서 영우의 목소리가 들렸다.

"고고, 고마웠어…… 그 말, 하, 하려고……"

남순은 고개를 약간 돌려 곁눈질로 교단을 바라보았다. 영우는 서툴게 주먹을 쥐더니 어색하게 앞으로 뻗었다.

"이이, 이, 이반…… 하하… 하이팅……"

남순은 다시 벽을 바라보며 아랫입술을 깨물었다. 아무도 입을 열지 못했다. 영우를 쫓아내는 데 공모했다는 자책감. 교실의 침묵은 그런 것인지 몰랐다. 남순은 영우에게 등을 돌린 채, 영우에게 말을 걸었다.

"자세히 보아야 예쁘다. 오래 보아야 사랑스럽다. 너도 그렇다……"

언젠가 전철역 스크린도어에서 봤던 그 시가 왜 갑자기 떠올랐을까. 제목이 「풀꽃」이었던가. 반 아이들 중 누구도 영우를 자세히 본 적 없을 것이다. 오래 본 적도 없을 것이다. 영우가 남순을 위해 의자를 던져주기 전까지는 남순도 그랬으니까. 딱 한 번이었다. 그날 옥상에서 처음이자 마지막으로 남순은 자세히, 오래, 영우의 얼굴을 보았다. 웃을 때 초승달처럼 기우는 눈꼬리가 예뻤다. 움푹 파이는 보조개가 사랑스러웠다. 다른 사람들도 영우가 그렇다는 것을 알까.

남순은 더 이상 참지 못하고 교실 밖으로 나갔다. 얼핏 본 영우의 얼굴에 미소가 떠올라 있었다.

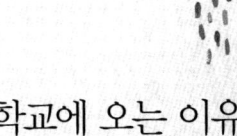
학교에 오는 이유

> 1) 목표로 하는 대학과 학과를 적고
> 진학하려는 이유에 대해 논리적으로 서술하시오.
>
> 2) 목표로 하는 대학과 학과에 들어가기 위한 방법에 대해
> 간단명료하게 서술하시오.

 논술반 칠판에는 두 가지 문제가 적혀 있었다. 세찬은 교실 뒤쪽에 기대서 아이들이 답안지를 작성하는 모습을 지켜보았다. 교실은 빈자리 없이 빼곡이 차 있었다. 미처 자리를 잡지 못한 아이들은 선 채로 사물함 등을 책상 삼아 답안지를 쓰는 중이었다.

 바깥에서 요란한 발소리가 들렸다. 복도 쪽으로 난 창문을 보니 2반 남자아이들 몇 명이 우당탕 어딘가로 뛰어가고 있었다. 세찬

은 논술반 교실을 빠져나와 아이들이 들어간 2반으로 걸음을 옮겼다. 정인재가 UCC 동영상 만들기를 주제로 보충반 수업을 하고 있었다. 세찬의 반과는 비교되지 않는 인원이지만 그래도 아이들이 제법 모여 있었다. 어쩐 일인지 정호 패거리까지 앉아 있었다.

"우리가 함께 만들 UCC 주제는……"

아이들이 많아서인지 정인재의 목소리에는 힘이 넘쳤다. 인재는 칠판에 '나의 꿈은 ☐이다'라는 문장을 적은 뒤 아이들을 돌아보았다.

"지금 너희에게 필요한 건 꿈이다. 공부는 못 해도 되지만 꿈이 없으면 흔들릴 때 버틸 힘이 없어지거든."

꿈이라니, 정말 꿈같은 소리다. 적어도 세찬이 여기까지 온 것은 꿈 때문이 아니었다. 명확한 목표를 가지고, 그 목표를 현실로 만드는 방법을 실천해온 결과였다. 자신이 원하는 것을 이루는 첫 단계는 꿈과 목표가 전혀 다르다는 것을 아는 것이다. 바꿔 말하면 꿈과 목표를 혼동하는 사람에게는 실패가 예견되어 있는 셈이다. 세찬이 보기에 '꿈이 필요하다'는 명제는 자신의 열정에 도취된 초짜 교사의 치기로밖에 여겨지지 않았다.

세찬이 논술반 교실로 돌아오자 앞자리에 앉아 있던 길은혜가 손을 들었다.

"선생님, 논술반은 성적순으로 뽑는 거 아니에요? 그럼 시험을 보시든지 해야지 이렇게 물어보시면 성적을 어떻게 아세요? 공부는 못 해도 목표는 서울대일 수 있잖아요."

세찬은 은혜의 얼굴을 빤히 쳐다보았다. 뻔하다. 2등급, 서울대는 목표가 아니라 꿈인 아이.

"너 언어 2등급이지? 어딜 가나 2등급들이 꼭 하는 질문이거든."

은혜는 뜨끔한 표정으로 당당하게 올리고 있던 손을 슬그머니 내렸다. 세찬은 은혜의 답안지를 들어 대강 훑어보았다. 어떤 타입인지 알 만했다.

"서울대 경영이 목표고 갈 성적도 되는 놈들은 합격할 방법을 정확하고 구체적으로 알고 있다. 이미 실천하는 중이거든. 근데 서울대 경영을 꿈만 꾸는 놈들은 대충 아웃트라인만 안다. 그것도 혹시나 싶어서 알아본 연,고대 경영이랑 섞어서."

은혜는 새빨갛게 달아오른 얼굴을 숙이고 이미 적어놓은 답안을 지웠다. 세찬은 단호한 목소리로 말했다.

"그러니까 지금 너희에게 필요한 건 명확한 목표 설정이다."

*

집으로 돌아온 인재는 책상에 놓인 임용고시 문제집을 바라보았다. 다음에는, 이다음에는…… 그렇게 4년이 흘렀다. '다음'은 가까운 미래이면서 영영 오지 않을 것 같은 미래였다. 앞을 내다볼 수 없는 막막함 때문에 지금 자리가 더욱 절박했다.

하지만 조회 시간 영우가 마지막 인사를 하러 왔을 때, 그리고 남순이 나태주 시인의 「풀꽃」을 외웠을 때, 계약 해지를 당해도 상관없다는 마음이 들었다. 교사 자리가 절박하지 않아서가 아니었다. '정식' 교사는 아니어도 아이들에게만큼은 '진짜' 교사이고 싶었다. 그래서 교장이 보는 앞에서 영우 어머니에게 그런 말을 할 수 있었을 것이다. 영우 전학 안 보내셔도 된다고, 거절하고 싶으면 거절하셔도 된다고.

다행히 영우는 학교에 남게 되었다. 인재의 계약도 해지되지 않았다. 아이들이 모두 보는 앞이었으니 그런 일로 계약을 파기했다가 무슨 말을 듣게 될지 교장도 난감했을 것이다. 보충반 수업 인원을 채우지 못했다는 이유로 담임 자리는 박탈당했지만 말이다. 남순이 아이들을 불러와 보충반 수업은 무사히 마쳤지만, 교장은 끝내 강세찬 선생을 2반 담임으로 교체하겠다고 했다. 아이들에게 관심이라곤 없는 것처럼 굴더니, 강세찬은 왜 또 담임을 맡겠다고 나서는지 모를 일이다.

'나의 꿈은 ☐☐☐☐이다.'

오래 전 공책 한 귀퉁이에 적어놓았던 문장과 그 문장 속 네모를 채우던 순간이 떠올랐다.

'나의 꿈은 선생님이다.'

"그럼 선생님은 꿈을 이루신 거네요?" 보충반 수업 시간, 한 아이가 그렇게 물었을 때 인재는 아무 대답도 할 수 없었다. 오늘따라 꿈을 이루지 못했다는 열등감이 아팠다. 한때는 꿈 때문에 버틸 수 있었는데 지금은 꿈 때문에 자꾸 지쳤다.

아이들에게 꿈을 가져야 한다고 말한 것이 잘한 일일까. 언젠가 아이들이 꿈 때문에 아프거나 꿈 때문에 지칠 때, 무엇을 해줄 수 있을까. 그때도 꿈을 가지라고, 꿈을 가진 사람만이 흔들림 없이 걸어갈 수 있다고 말할 수 있을까.

보충반 수업이 끝난 뒤 정호와 남순이 싸우러 가는 모습을 보고 간신히 두 아이를 떼어놓은 뒤, 남순과 함께 버스정류장까지 걸어갔다. 교장이 담임을 그만두라고 말할 때 남순은 인재 옆에 있었다. 다 보았을 것이다. 그 말을 듣는 순간 인재의 얼굴에 떠오른 당혹감, 모멸감, 무기력함, 그런 것들을. 버스가 오기 전 남순은 말했다.

"꿈같은 거 이루면 뭐해요. 뺏기면 땡인데."

남순이 간 뒤 인재는 씁쓸하게 자문해보았다. 어쩌면 지금 나의 모습은 남순과 아이들에게, 꿈도 강자의 전유물이라는 냉혹한 사실을 알려주는 반면교사가 아닐까.

선생님도 이렇게 나약하고 불확실한 존재라는 것을 학생일 때는 몰랐다. 선생님은 모든 문제에 해답을 가지고 있다고 생각했다. 아니, 여전히 선생님들은 그런 존재인지 몰랐다. 인재가 자기 확신을 가지지 못하는 것은, 진짜 선생님이 되지 못했다는 증거일지도 몰랐다.

임용고시를 준비하던 동기들 가운데에는 선생님이 목표인 친구들이 있었다. 하지만 인재에게 선생님은 꿈이었다. 그러나 선생님이 목표였던 친구들이 임용고시에 합격하고 난 뒤에도 인재에게 선생님은 여전히 꿈으로 남아 있다. 어디서부터 잘못된 걸까.

임용고시 문제집 아래 예전 교무수첩이 깔려 있었다. 수첩을 펼치니 언젠가 인재가 적어놓은 문장이 보였다. '아직은 아이들의 손을 놓을 때가 아니다.' 인재는 '아직은'이라는 글자를 손끝으로 쓰다듬어 보았다.

아직은. 그래, 아직은.

인재는 내일도 평소처럼 출근할 것이다. 아직은 아이들의 손을 놓을 때가 아니니까. 더디긴 하지만 아이들은 분명 조금씩 나아지고 있으니까. 교장에게 찾아가 계약 해지를 당할 이유가 없다는 것과 담임을 그만두지 않겠다는 것을 분명히 말해둘 생각이었다. 그래도 안 된다면 강세찬과 공동 담임이라도 맡게 해달라고 부탁해볼 것이다.

*

등굣길 남순의 발걸음은 무거웠다. 전날 아이들이 정인재가 운영하는 보충반을 땡땡이치고 가버린 뒤 교장이 들어왔었다. 아이들 모을 능력도 안 되느냐며 당장 그만두라고 인재를 윽박지르던 교장과, 인재 대신 자기가 2반을 맡기로 했다는 강세찬.

인재가 뒤늦게 아이들을 불러 모으기 위해 전화를 돌렸지만, 이미 학교를 나가버린 아이들이 제 발로 돌아올 리 없었다. 모두의 관심을 끌 만한 재미있는 사건이 벌어지지 않는 한 말이다.

아무리 그래도 정호에게 한 판 뜨자고 전화를 건 것은 무모했다. 정호가 열 받아서 달려올 거라고 생각했고, 그 사실을 기덕에게 알리면 아이들이 우르르 몰려들 거라고 생각했다. 그리고 남순의 예상대로 정호 무리는 물론 대부분의 아이들이 돌아왔다. 그들을 기다리고 있는 건 흥미진진한 구경거리가 아니라 인재의 보충반 수업이었지만 말이다.

정호와 지훈, 이경마저 수업을 들었다. 물론 수업이 끝나자마자 남순을 두들겨 패줄 생각이었을 것이다. 싸움이 일어날 기미를 눈치 챈 인재가 남순을 데리고 버스정류장으로 가면서 전날은 무사히 넘어갈 수 있었지만 언제까지 피해 다닐 수만은 없다. 왜 그렇게까지 했던가. 물론 정인재 선생이 안돼 보였다. 하지만 인재에 대한 연민보다 세찬이 싫다는 마음이 더 컸는지도 모르겠다.

교실에 들어서자 앞자리에 앉은 공부파 아이들의 목소리가 들렸다.

"우리 엄마가 그러는데 세찬 쌤으로 담임 바뀐다던데?"

아이들의 목소리에서는 기대감과 안도감마저 느껴졌다. 남순은 괜히 책가방을 거칠게 내려놓았다. 강주가 놀란 얼굴로 민기에게 물었다.

"뭔 소리냐? 넌 뭐 좀 알 거 아냐? 너희 엄마가 아무 말씀 안 하셨어? 그럼 정 쌤은?"

학교 운영위원인 민기 엄마가 아무 말 하지 않았을 리 없었다. 민기는 뭔가 아는 게 있는 듯 어두운 얼굴로 잠깐 말이 없다가

"그만두실 것 같아"라고 짧게 대답했다.

"고남순, 그럼 넌 어제 보충 마지막인 거 알고 있었냐? 그래서 우리 불러 모은 거야? 아무리 그래도 오정호를 들이받냐? 네 한 몸 너무 불살랐다, 인마!"

기덕의 말을 흘려들으며 남순은 책상에 엎드렸다. 앞으로 학교생활이 얼마나 빡셀지 불을 보듯 뻔했다. 오정호의 매를 번 것도 모자라 강세찬이 담임이라니. 모르겠다. 어떻게든 되겠지.

앞문이 열리는 소리에 몸을 일으켰다. 역시, 교단에 서 있는 사람은 강세찬이었다. 남순은 자리에서 일어나 뒷문으로 향했다. 막 교실을 나가려는 순간 바깥에서 문이 열렸다. 정인재였다. 남순은 영문을 몰라 정인재의 얼굴을 멀뚱히 쳐다보았다. 아이들 역시 세찬과 인재를 번갈아보며 어리둥절한 표정이었다. 세찬이 말했다.

"이제부터 공동 담임이다. 조례는 내가, 종례는 정 선생님이 하실 거다. 담임이 둘로 늘어난 거니까 너희에겐 더 좋을 거다. 앞으로 우리 반 목표는 꼴찌 탈출이다. 공부에 집중해 이번 중간고사에서 최소한 꼴찌는 면해보자. 그런 의미에서 각자 학습 계획서 작성해 내일까지 회장한테 제출해라."

남순은 세찬이 말을 하는 동안 멀거니 서서 창밖만 바라보고 있었다. 눈도 마주치기 싫었다.

"이상. 회장?"

세찬의 목소리가 들렸지만 남순은 고집스럽게 고개를 돌리지 않았다.

"수업 시간도 아닌데 고 회장 인사 좀 받아보자."

남순의 고집만큼 세찬도 집요했다. 누가 이기는지 해보자는 심정. 팽팽하게 긴장된 분위기가 얼마나 이어졌을까. 부회장인 하경이 자리에서 일어났다.

"차렷, 경례."

조례는 그렇게 끝났다. 앞으로 사사건건 부딪치게 되겠지만, 어떤 일이 있어도 저 학원 강사를 선생 대접하는 일은 없을 것이었다. 물론 오후에 있는 문학 2도 듣지 않을 생각이었다.

문학 2 수업이 시작되기 전 남순은 교실을 나섰다. 마침 교실로 들어오던 강주가 남순을 붙잡았다.

"너 세찬 쌤한테 고만 좀 개겨라. 다 같이 잘해보자는 분위기에 자꾸 찬물 끼얹을 거야, 회장이란 놈이?"

남순은 성가시다는 표정으로 강주의 손을 뿌리쳤다. 영우가 쭈뼛쭈뼛 남순 옆으로 다가오자, 강주는 영우를 얼른 자기 쪽으로 당기며 남순을 째려보았다.

"영우야, 너 교실에 딱 붙어 있어. 네가 안 나가야 고남순 뻘쭘해서라도 돌아오지."

남순은 영우를 두고 교실을 나갔다. 수업이 시작되자 남순만 텅 빈 복도에 덩그러니 남겨졌다. 날이 흐려서인지 햇볕이 들지 않는 복도는 싸늘했다. 남순은 벽에 기대선 채 괜스레 발치를 툭툭 차거나 발끝으로 동그라미를 그렸다. 발장난을 하는 것 말고는 할 일이 없었다.

교실에 있는 것만큼 따분한 일도 없다고 생각했는데 혼자 교실 밖에 있는 것은 더 따분했다. 수업을 들을 때 시간이 가장 더디게 가는 줄 알았더니 수업을 듣지 않자 시간이 더욱 느리게 흘러가는 것 같았다.

묘한 기시감이 들었다. 그래, 예전에도 이런 적이 있었다. 또래 아이들이 모두 학교로 들어가고 남순 혼자 거리에 남겨졌던 날. 교문 너머 운동장에서 교복을 입고 축구를 하는 아이들을 사복 차림의 남순이 우두커니 바라보던 날. 하지만 그때도 학교로 돌아가고 싶다거나 학교가 그립다는 마음은 들지 않았다. 단지 뻘쭘했다. 강주의 말처럼.

교실에서 까르르 웃음소리가 났다. 세찬이 무슨 소리를 했는지 아이들이 책상을 두드리며 웃고 있었다. 겨우 유리창 하나를 사이에 두었을 뿐인데 교실 안과 밖이 전혀 다른 세계처럼 느껴졌다. 스스로 선택해서 제 발로 걸어 나왔는데 왜 이렇게 소외감이 드는지 모를 일이었다.

복도 끝에선 조봉수 선생님이 그런 남순을 바라보고 있었다. 세찬에게 아이들을 교실 밖으로 내쫓지 말아달라고 그렇게 일러두었는데…… 씁쓸한 표정으로 눈을 감고 있는 아이, 고개를 숙이고 의미 없는 발장난에 몰두하는 아이. 조봉수 선생은 갈 곳 없이 복도에 서 있는 남순이 교실에 돌아갈 수 있는 방법을 생각해보았다.

*

　세찬은 조봉수 선생의 호출을 받고 강당으로 갔다가, 대걸레를 들고 서 있는 남순을 보고 약간 놀랐다. 남순도 강당으로 들어오는 세찬을 보고 당황한 기색이었다.
　"자, 자네도 저쪽에서 걸레 하나 들고 오게."
　황당했지만 진지한 조 선생의 얼굴을 보니 시키는 대로 할 수밖에 없었다. 세찬은 대걸레를 들고 남순과 마주섰다. 조봉수 선생은 뒷짐을 진 채 두 사람을 바라보았다.
　"두 제자님들 잘 들으시게. 학생님은 수업 땡땡이치시고 선생님은 출결 체크도 없이 눈 감아주셨으니 두 분 다 벌 좀 받으셔야겠네. 선생님은 학생님에게 떠넘기지 마시고 딱 반으로 나눠서 오늘 중으로 여길 싹 청소해놓으시게. 앞으로 두 제자님들 수업시간마다 내가 가서 확인하고, 오늘 같은 일이 또 있을 때에는 둘 다 여기 와서 사이좋게 청소하는 걸로 알겠네. 그럼 수고들 하시게."
　"아, 저 선생님……"
　세찬이 난감한 표정을 지었지만 조 선생은 뒷짐을 진 채 강당을 걸어 나갔다. 교감에게도 부당한 지시를 받으면 논리적으로 반박하며 거절했던 세찬이지만, 조봉수 선생님 앞에서만은 여전히 교사가 아니라 제자였다.
　두 사람은 아무 말 없이 걸레질을 시작했다. 세찬은 앞에서부터 시작했고 남순은 뒤에서부터 시작했다. 두 사람의 거리가 가까워

질수록 체력도 바닥이 났다. 세찬은 자기도 모르게 "아이고, 힘들어"라거나 "어휴, 죽겠네" 같은 말이 새어나왔다. 하지만 남순은 무의식중에라도 세찬의 말을 받아주는 법이 없었다. 두 사람의 거리가 거의 좁혀졌을 때 세찬은 대걸레를 놓고 털썩 주저앉았다.

"나머진 네가 다 해라."

"떠넘기지 말라고 하셨는데요."

"야, 그냥 화해하자. 지난 일들 싹 다 없었던 걸로 해줄 테니까 수업 들어오라고. 안 그럼 우리 여기 매일 청소해야 돼. 나 너희 반 수업이 일주일에 나흘이야."

"우리 반이겠죠."

남순은 한심하다는 듯 세찬의 말을 바로잡더니 묵묵히 걸레질을 계속했다. 저 자식이 진짜. 이제 아쉬운 쪽은 남순이 아니라 세찬이었다. 녀석은 젊어서 이 넓은 강당을 다 닦고도 끄떡없는지 몰라도 세찬은 아니었다. 게다가 선생과 학생이 같이 벌을 받고 있으면 어느 쪽이 더 우스운지 뻔한 것 아닌가. 세찬은 백기를 드는 심정으로 고함을 질렀다.

"야, 고남순 너 진짜 이럴래? 제발 수업 들어오라고!"

"알았어요."

웬일인지 남순은 순순히 대답한 뒤 세찬의 대걸레까지 들고 강당을 걸어 나갔다. 의외였다. 세찬은 남순의 등에 대고 소리쳤다.

"너 왜 갑자기 마음이 바뀐 거냐?"

세찬의 질문에 남순은 뒤도 돌아보지 않고 대꾸했다.

"그쪽이랑 말 섞기 싫어서요."

남순은 여전히 세찬을 선생이라고 여기지 않는 모양이었다. 남순에게 진짜 벌은 청소가 아니라 세찬과 함께 있는 것인지 몰랐다. 생각해보면 처음 만났을 때부터 녀석은 늘 세찬을 거부하기만 했다. 황금노트도, 문학 2 수업도. 이제 와서 수업에 들어오겠다는 것도 따지고 보면 세찬과 엮이는 데 대한 거부가 아닌가. 그런데 이상했다. 남순이 그럴수록 녀석이 궁금했다. 목표는 있는지, 목표가 없다면 꿈은 있는지, 꿈이 있다면 무엇인지, 목표도 꿈도 없다면 학교는 왜 오는지, 그런 것들.

*

'저는……'

그렇게 적고 나니 머릿속이 하얬다. 남순은 다리를 떨며 종이를 노려보았다. 펜을 고쳐 잡고 뒷말을 이어보려 했지만 아무것도 생각나지 않았다. 아니었다. 생각나지 않는 게 아니라 떠오르는 게 너무 많았다. 이런저런 사건들이 맥락 없이 떠올랐다 흩어졌다. 그것들을 어떻게 글로 표현해야 할지 알 수 없었다. 글로 표현할 수 있다 해도 도저히 털어놓을 수 없는 이야기들이었다.

정인재가 숙제로 내준 '자기소개서'에는 여러 항목이 있었다. 과거, 현재, 가정환경, 꿈, 고민, 학교에 오는 이유…… 그래도 강세찬의 숙제인 학습계획서보다는 정인재의 숙제인 자기소개서가 나을 것 같았다. 대학에 갈 생각이 없는 남순으로선 학습계획서를 쓸 수 없었다.

어쨌든 1교시 시작 전까지 학습계획서와 자기소개서를 제출해야 했다. 남순은 아이들 것부터 걷기 시작했다. 둘 다 쓴 아이들은 많지 않았다. 상위권 아이들은 학습계획서만 냈고 공부에 관심이 없는 아이들일수록 자기소개서만 내는 식이었다. 다들 담임이 둘이라 숙제도 두 배라고 불만이었다.

남순이 프린트물을 들고 교무실로 가자 인재와 세찬이 기다렸다는 듯 물었다.

"다 낸 거야?"

두 사람은 동시에 그렇게 묻고는 머쓱한 얼굴로 서로를 바라보았다. 묘하게 경쟁하는 분위기가 느껴졌다. 자기 숙제를 한 아이들이 더 많기를 은근히 바라는 것 같다고 할까.

"아뇨. 다 못한 애들은 따로 낸대요."

남순의 말에 인재와 세찬이 또 동시에 물었다.

"넌?"

"둘 다 안 냈는데요. 내일까지 낼게요."

남순은 인재에게 고개를 꾸벅 숙여 보였다. 그리고 잠깐 머뭇거리다가 세찬에게도 고개를 숙였다.

"어이, 고 회장."

교무실을 나가려는 남순을 세찬이 불러 세웠다.

"너 꿈은 있냐?"

"그딴 거 없는데요."
"대학도 싫어, 꿈도 없어, 그럼 학교는 왜 오냐?"
"생각해볼게요."
남순은 심드렁하게 대답한 뒤 교무실을 나왔다.

그날도 남순은 수업 시간 내내 창밖만 바라보았다. 하지만 평소처럼 머릿속을 비운 채 멍하게 앉아 있을 수 없었다. "꿈은 있냐?" "그럼 학교는 왜 오냐?" 세찬의 표정도 말투도 딱히 진지하지 않았다. 남순을 걱정하거나, 정말 궁금해서 묻는 것 같지도 않았다. 그저 지나가는 말처럼 던졌을 뿐이고 남순 또한 가볍게 대꾸했다. 생각해보겠다고. 그런데도 하루 종일 체증처럼 그 말이 가슴에 얹혀 있는 건 왜일까.

점심시간 남순은 다시 자기소개서를 꺼냈다. '2학년 2반 고남순'이란 글자 아래에는 여전히 '저는'이라는 글자가 전부였다. 일단 '성장 배경'은 공란으로 남겨놓았다. 다음 항목은 '고민'이었다. 없음. '희망 직업'. 모름. 그러자 '꿈은 무엇인가'와 '학교는 왜 오는가'라는 항목이 남았다.

한때는 남순에게도 꿈이 있었다. 그 녀석과 했던 약속, 그 녀석과 공유했던 미래. 그것이 남순의 꿈이었다. 같이 라면집을 해도 좋았을 것이다. 녀석이 끓여주는 라면은 기가 막히게 맛있었으니까. 아니면 PC방을 차려도 괜찮았을 것 같았다. 둘이 매일 게임이나 하면서 사는 것도 나쁘지 않았을 테니까. 무엇이 되었든 즐거웠을 것이고 어떤 일을 하든 잘할 자신이 있었다.

그러나 열여섯 살, 다른 아이들은 막 꿈을 꾸기 시작했을지 모르는 그 시기에, 남순의 미래는 산산조각 났다. 꿈을 부숴버린 사람을 원망할 수 있으면 좋겠다. 그랬더라면 분노든 오기든 다시 꿈을 가져봤을지 모르니까. 하지만 녀석으로부터 도망침으로써 그 꿈을 깬 사람은, 다른 누구도 아닌 남순 자신이었다.

남순은 '꿈은 무엇인가' 다음에 대답을 적어 넣었다. '없음'. 녀석과 함께 꿈꾸었던 미래, 하지만 녀석과 함께 사라져버린 미래를 함축할 수 있는 단어는 그것뿐이었다. 녀석과 함께였던 그때 자기소개서를 썼다면 어땠을까. 좀 더 할 이야기가 많지 않았을까. '없음'. 간략하게 줄여진 그 한마디는 꿈이 없다는 것이기도 했지만 남순이라는 인간이 아무것도 아닌 존재가 되었다는 뜻인 것만 같았다. 언제나 마음이 허기진 것처럼 공허했던 이유는 텅 비어 있는 인간이어서 그랬던 걸까.

남순은 이제 단 하나 남은, '학교에 왜 오는가'라는 질문 앞에서 다시 머뭇거렸다. 솔직히 학교에 가기 싫다. 왜 가야 하는지도 모르겠다. 가봤자 쪽팔리고 짜증나는 일투성이다. 되고 싶은 것도 없고, 하고 싶은 일도 없다. 꿈도 없고, 희망도 없다. 온통 없는 것뿐이다. 그 '없음'이 무엇을 의미하는지조차 생각해본 적 '없다'.

미래가 없는 남순에게 현재는 무의미할 뿐이다. 그저 이 시절이 지나가기를 기다리는 것 말고는 방법이 없다. 하지만 그전까지는 학교에 가야 한다. 공부도 하기 싫고 싸움도 하기 싫고 대학도 가기 싫지만, 눈을 뜨면 자동적으로 학교에 가는 것이다.

그러므로 '학교는 왜 오는가'라는 질문에 대한 남순의 대답은 하나였다. '그냥'. 남순은 자기소개서를 집어넣으려다가 자신이 쓴 대답을 가만히 쳐다보았다. 한 번도 해보지 않았던 질문이 떠올랐다. 더 이상 학교에 오지 않아도 되는 그날부터 나는 무엇을 해야 할까. 어쩌면 세찬의 질문이 가슴을 짓눌렀던 이유는, 언젠가는 스스로에게 물어야 할 그 질문의 시기가 앞당겨졌기 때문인지 몰랐다.

*

"받을게요."

정인재 선생이 말했다. 정말 대책 없는 건 알아줘야 했다. 전학생 문제를 알아서 하라고 맡겼더니 앞뒤 생각도 하지 않고 덥석 받겠다는 것이었다. 전학 서류를 흘끗 본 유난희 선생이 말했다.

"얘, 학교 쇼핑하는 앤데 괜찮겠어?"

사고치고 전학 가고, 사고치고 전학가기를 반복하는 애들을 선생들은 그렇게 표현했다. 정인재가 받겠다는 학생은 무려 다섯 번째 전학이었다. 한 학기에 두 번이나 학교를 바꾼 적도 있었다.

"누구 맘대로 받아요?"

세찬의 말에 인재는 당차게 대답했다.

"우리가 안 받으면 얘는 어디로 가요?"

너무나도 단순한 논리에 오히려 세찬이 할 말이 없었다. 갈 데 없으면 못 가는 거 아닌가. 사고 치면 잘리는 게 당연한 거고.

"정 선생님, 이건 아랫돌 빼서 윗돌 얹는 겁니다."

"아랫돌을 빼든 윗돌을 얹든 돌끼리 모여 있어야죠. 그래야 안 무너져요."

"그럼 받으세요."

세찬이 말했다. 이제 인재가 당황할 차례였다.

"대신 학교 쇼핑의 대가께서 사고 치시는 순간, 2반은 제 맘대로 끌고 갈 겁니다."

일종의 딜이었다. 짧은 시간 부딪쳤을 뿐이지만 세찬이 보기에 인재는 한다면 하는 사람이다. 타협할 수 없는 문제라면 정면 돌파를 하는 게 낫다. 고남순과 오정호는 터지기 일보직전이다. 여기에 한 명이 더해지면 무슨 문제가 생겨도 생길 것이다. 차라리 잘 되었다. 인재가 대책을 마련하지 못해 끙끙거리면 세찬이 주도권을 잡을 수 있었다.

세찬의 생각대로 인재는 갑자기 자신이 없어진 표정이었다. 세찬은 여유 있게 빙글빙글 웃으며 교무실을 나섰다. 하지만 송하경이 떠오르자 웃음기가 사라지면서 한숨이 나왔다.

황금노트가 화근이었다. 조례시간, 교실에 갔더니 송하경과 남경민이 말다툼을 하고 있었다. 도둑년이니 뭐니 험한 소리도 오갔다. 세찬과 인재가 들어서자 하경은 교실 밖으로 나가버렸다. 하경의 무표정한 얼굴에서 언뜻 상처 받은 기색이 엿보였던 것 같기도 했다.

경민에게 상황을 듣고 나니 어찌된 일인지 알 만했다. 경민이 사촌언니에게 받은 황금노트가 점심시간에 분실되었는데, 그것이 발견된 곳이 하경의 책상 서랍이었던 것이다. 세찬은 하경이 범인이 아니라는 것을 알았지만, 경민에게 그것을 설명할 수는 없었다. 인재는 노트 한 권 때문에 왜 이 소동인지 이해할 수 없다는 눈치였다.

"송하경도 있어요, 그 노트. 우리 학원 다닐 때 제가 줬거든요."

"얼마나 훌륭한 노트인지 몰라도 저렇게들 마음 상해하는데, 기왕 이렇게 된 거 애들한테 한 권씩 돌리는 게 어때요?"

"그걸 어떻게 공짜로 막 뿌려요? 애들이 그 노트 받으려고 내 수업에 돈을 얼마나 뿌리는데."

"아직도 강사시네요. 선생님 아니고."

세찬은 순간 기분이 확 상했다. 남순에게 "학원 강사 수업 따위 받기 싫거든요"라는 말을 들었을 때와 비슷한 기분이었다. 성적만 올려주면 강사로 불리든 선생으로 불리든 상관없었다. 그것으로 세찬이 이 학교에서 할 일은 충실히 한 셈이니까. 그런데도 왜 '강사'라고 낙인찍힐 때마다 불쾌한 건지 모를 일이었다.

정인재에게 묻고 싶었다. 강사와 선생의 차이를 뭐라고 생각하느냐고. 모든 아이에게 공평하게 교재를 나눠주는 것? 문제아를 자기 반 학생으로 받아들이는 것? 인재가 꿈꾸는 교사상이 무엇이든 세찬은 동의할 수 없었다. 그것은 공평하지도 않지만 가능하지도 않았다.

*

하경은 세찬학원 앞 강남의 한 지하철역에서 남순을 기다리고 있었다. 예전에 남순이 학원에 심부름을 왔을 때, 오토바이에 적혀 있던 배달 업체 이름을 기억해두어서 다행이었다. 그 와중에도 책가방은 챙겨 나왔지만 어차피 쇼핑백이 없으면 학원에 갈 수 없었다.

아직까지 온몸이 떨렸다. 분하고 억울하고 치욕스러웠다. 도둑년이라니. 하지만 그런 소리를 들으면서도 하경은 침착했다. 적어도 남순이 쓸데없는 소리를 하며 끼어들기 전까지는.

"그 노트, 내가 송하경 자리에 넣어놨는데."

도둑으로 몰리는 건 겁나지 않았다. 욕을 먹고 뒷담화를 들어도 그만이었다. 하지만 학교를 속이고 세찬학원에 다니는 것이 알려지는 건 싫었다. 1등이라는 지금 자리를 유지하기 위해 얼마나 몸부림치고 있는지 들키고 싶지 않았다.

전철역 계단을 내려오는 고남순의 모습이 보였다. 손에는 하경의 쇼핑백을 들고 있었다. 남순이 쇼핑백을 내밀었다.

"아깐 미안했다. 난 그게 네 건지 알고……"

"야, 송하경!"

남순의 말이 끝나기도 전에 웬 여학생이 화장실 안에서 나왔다.

세찬학원에 다니는 과학고 학생이었다.

"이 교복 뭐야? 너 외고 아니었어? 학교 속이고 다닌 거야? 우리 학원 특목고만 다닐 수 있는 거 몰라?"

"그래도 내가 너희보다 공부 잘하거든?"

하경이 발끈해서 대꾸했지만, 당혹감과 수치심으로 얼룩진 표정까지 감출 수는 없었다. 하경은 남순이 들고 있는 쇼핑백을 빼앗듯이 낚아채서 화장실 안으로 들어갔다. 미칠 것 같았다. 오늘따라 왜 이렇게 재수가 없는지 모를 일이었다. 쇼핑백 안에 든 사복을 꺼낸 뒤 교복을 벗어 아무렇게나 구겨 넣었다. 블라우스 단추를 잠그는 손이 자꾸 엇나갔다. 금방이라도 울음이 터져 나올 것 같았다.

잠시 후 하경은 평소와 다름없이 도도하고 침착한 얼굴로 화장실에서 걸어 나왔다. 남순이 하경 앞을 가로막았다.

"아까 걔가 전화 쫙 돌렸거든. 하루에 한 번만 발려라. 너 지금 저기 가면 왕창 발릴 텐데, 그러고 싶냐?"

상관없었다. 진짜 쪽팔리는 건 거짓말이 들통 나는 것 따위가 아니라, 승리고 학생이라는 사실 그 자체였다. 하경은 전철역 계단을 올라갔다. 뒤쫓아온 남순이 하경의 팔을 잡았다. 남순은 스쿠터 트렁크에서 헬멧을 꺼내 하경에게 씌우더니 억지로 뒷좌석에 앉혔다. 하경은 떠밀리듯 오토바이에 앉았다. 센 척 해봤자 어차피 학원에 들어갈 용기는 없었다.

서울의 밤과 낮은 전혀 달랐다. 빠르게 뒤로 밀려나는 야경이 처음 보는 장면처럼 생소했다. 하경이 학원에서 칠판을 쳐다보고 있던 매일 밤, 도로에서는 헤드라이트를 켠 자동차들이 질주하고 한강다리의 조명은 이토록 눈부시게 빛나고 있었을 것이다.

마포대교를 지날 때 난간에 쓰인 글자가 얼핏 눈에 들어왔다.

"세워."

하경은 오토바이에서 내려 다리를 향해 걸어갔다. 난간에 가까이 다가가자 센서가 작동하면서 불이 켜졌다. 그리고 불빛을 받아 문장들이 차례대로 떠올랐다. 하경은 천천히 걸으며 띄엄띄엄 쓰여 있는 문장을 이어서 읽었다.

'무슨 고민 있어?' '피곤하지 않아?'

응, 고민 있어. 피곤해, 매일매일. 하경은 마음속으로 대답하며 다리를 건넜다.

'3년 전에' '제일 힘들었던 게' '뭐였는지 기억나?' '기억, 안 나지?'

아니, 기억난다. 언니가 오빠에 이어 서울대에 입학했던 해. 하경의 휴대전화 메인화면에는 언니의 입학식에서 찍은 가족사진이 저장되어 있다. 그날 하경은 언니의 자리에 몇 년 후 자신의 모습을 넣어보았다. 다음해에는 외고나 과고에 가고, 3년 후에는 서울대에 입학하는 자신의 모습.

그리고 다음해 하경은 승리고에 입학했다. 과고도, 외고도, 떨어지고 생각조차 해본 적 없던 일반고에 입학한 것이다. 특목고와

서울대를 당연한 수순으로 알고 있던 가족들은, 그러나 승리고에 수석으로 입학한 하경을 축하해주었다. 하지만 하경은 알고 있었다. 왜 언니나 오빠가 서울대에 입학했을 때보다 자신이 더 크게 축하 받는지를. 그것은 축하를 가장한 위로이자 채찍질이었다. 그리고 지금, 하경은 휴대전화의 메인화면을 볼 때마다 다짐한다. 특목고는 떨어졌지만 대학은 반드시 서울대에 가겠다고.

'노래방 가고 싶다' '스트레스 확 풀리게'

노래방에 가고 싶었다. 강주랑 같이. 소리를 지르듯 노래를 부르고 나면 스트레스가 확 풀릴까. 교실에서 하경은 경민, 은혜와 싸우다가 자신의 편을 들어주려는 강주에게 오히려 화를 내고 말았다. 그러려던 건 아닌데 억울하고 속상한 마음을 어쩌지 못해 강주에게 화풀이하듯 말해버린 것이다. 네 일이나 똑바로 하라고. 그런 소리를 해놓고도 노래방에 가자고 하면 강주가 같이 가줄까.

'가장 빛나는 순간은' '오지 않았다' '멋진 해피엔딩으로'

하경은 마지막 문장 앞에 멈춰 섰다. 해피엔딩을 위해서 현재는 포기하는 게 당연하다고 생각했다. 미래를 위해 지금 이 순간은 존재하지 않는 거나 마찬가지였다. 오늘 이 야경처럼.

하지만 보지 못한 풍경들, 유예했던 경험들, 억눌렀던 감정들은 언제 보상이 될까. 하고 싶은 것을 미루고 원하는 것을 접어두고, 그러다 보면 희망으로 가득 찬 미래가 선물처럼 주어진다고 믿었다. 지금도 그 믿음은 변함없지만…… 하지만 문득문득 불안했다. 도대체 그때는 언제일까. 그때가 오기는 하는 걸까.

"구려!"

하경은 허공을 향해 소리 질렀다.

"이것도 구리고!"

'멋진 해피엔딩으로'라는 문장을 가리켰다.

"이것도 구려!"

쇼핑백을 높이 들었다. 그리고 던져버렸다. 쇼핑백 안에서 튀어나온 교복이 하늘거리며 검은 강물 속으로 떨어졌다.

"너 미쳤냐, 돈 아까운 줄 모르고."

놀란 남순이 다가와 소리쳤지만 아깝기는커녕 속이 시원했다. 이렇게 버릴 수 있다면 좋겠다. 외고도 아니고 과고도 아니고 쪽팔린 승리고 교복 따위, 강물 밑으로 가라앉아버렸으면 좋겠다. 아니면 저 멀리 바다까지 둥둥 떠내려갔으면 좋겠다.

"너 진짜 이상하다. 아까 걔보다 네가 공부 더 잘한다며? 근데 왜 난린데?"

그 아이들보다 공부를 더 잘해도, 그래서 서울대에 들어가도, 듣보잡 고등학교 출신이라는 사실은 바뀌지 않는다. 특목고에 떨어진 것은 하경이 겪은 첫 실패이자 인생의 가장 큰 오점이었다. 고남순 같은 아이가 이해할 리 없었다. 시험에 떨어졌다는 치욕, 일반고 학생이라는 열등감, 학교를 속이면서 늘 전전긍긍했던 불안 같은 것들. 오히려 잘난 척하지 말라는 소리나 듣지 않으면 다행이다. 하경은 대답 대신 남순에게 물었다.

"넌 뭐 버리고 싶은 거 없냐? 확 다 버리고 가."

남순은 아무 말 없이 한강을 내려다보고 있었다. 하긴, 생각이 있어야 버리고 싶은 것도 있는 것이다. 멍한 얼굴로 아침이면 학교에 오고 저녁이면 집에 가는 고남순은 고민도, 절망도 없을 것 같았다.

"나."

남순이 툭 던지듯 말했다.

"뭐?"

"난 버리고 싶은 게 나라고."

흘끗 본 남순의 옆얼굴은 자신만큼이나 침울해 보였다.

*

하굣길, 이경과 지훈이 골목에서 불쑥 튀어나왔다. 엿 됐다. 올 것이 온 것이다. 며칠 전 정호에게 호기롭게 싸움을 걸었지만, 인재의 보충반 인원을 맞추기 위해서였을 뿐 진짜 싸울 생각은 없었다. 그동안은 용케 빠져나갔지만 언제까지 피해 다닐 수도 없는 노릇이다. 쉴드 쳐줄 사람도 없으니 때리는 대로 얻어맞는 것이 차라리 빨리 끝날 것이다. 남순은 자포자기하는 심정으로 순순히 지훈과 이경을 따라갔다. 골목 끝에서 정호가 웃고 있었.

입 안에서 피 맛이 났다. 핏물을 뱉어내기도 전에 주먹이 날아들었다. 지훈의 주먹인지 이경의 주먹인지 모르겠다. 어쨌든 정확하게 코를 맞았고 뼈가 으스러지는 것 같은 충격이 느껴졌다. 입안으로 스며드는 피가 방금 코에서 난 것인지, 조금 전 입술이 찢어질 때 난 것인지 모르겠다. 어쨌든 씁쓸하고 비릿하고 익숙한 맛이다.

정신을 차릴 겨를도 없이 복부에 발이 날아들었다. 배를 부여잡고 그대로 바닥에 쓰러졌다. 복부는 도무지 맷집이 생기지 않는 곳이다. 뼈도 없이 물렁한 피부에 발이나 주먹이 꽂히면 내장까지 고스란히 고통이 전해졌다.

바닥에 쓰러진 남순의 얼굴 옆으로 담배꽁초가 툭 떨어졌다. 남순은 흐릿해진 눈으로 꽁초를 비벼 끄는 정호의 운동화를 쳐다보았다.

"잘도 피하시더니 오늘은 왜 이렇게 매가리가 없어?"

정호는 남순의 눈에서 패배와 굴종을 보고 싶을 것이다. 하지만 남순은 그것을 보여줄 수 없다. 정호가 두렵기는커녕 가여웠다. 그는 남순이 알고 있는 것을 알지 못한다. 지금 남순이 뼈저리게 후회하는 일들, 그 형벌 같은 자기혐오를 언젠가는 정호도 그대로 하게 될 것이다.

누군가를 때리는 것도 중독이다. 남순도 그랬다. 단단한 주먹이 누군가의 연약하고 부드러운 피부를 강타하는 느낌. 내 손끝에서 누군가의 살이 찢어지고 뼈가 부러지는 느낌. 그 느낌이 얼마나 짜릿했던가. 구타의 감각은 증오도, 분노도 마비시킬 수 있을 만큼 강렬하다.

하지만 이제 버리고 싶은 것은 나 자신뿐이다. 나를 가장 버리고 싶지만 나는 나로부터 영원히 벗어날 수 없다. 도망칠 수 없는 대상으로부터 도망치는 어리석음을 반복하다가 끝내는 정호도 알게 될 것이다. 예전에 자기가 무슨 짓을 했는지. 하지만 후회도, 깨달음도 너무 늦게 올 것이다. 남순이 그랬듯이.

"오정호. 사람 때리는 맛 좋지? 그래서 못 끊겠지? 어디, 너덜너덜해질 때까지 패봐. 그러다 네 인생도 너덜너덜해질 테니까."

남순은 희미하게 웃음까지 띤 채 이죽거렸다. 정호가 다시 주먹을 치켜든 순간 누군가의 손이 정호의 팔목을 낚아챘다.

"이 새낀 또 뭐야?"

정호의 목소리가 들렸지만 눈꺼풀을 드는 게 쉽지 않았다. 눈물인지 핏물인지 눈앞이 어룽어룽했다.

"오랜만이다, 고남순."

기억 속에 묻어두었던 익숙한 목소리. 남순은 눈을 번쩍 떴다. 그 녀석이 서 있었다. 녀석은 정호의 팔목을 잡은 채, 남순을 바라보며 차갑게 웃고 있었다.

낯선 얼굴,
사라진 흔적

3년 전 그날도 남순은 저렇게 맞고 있었다. 아이들의 폭행은 무자비했고 남순은 쏟아지는 발과 주먹을 반항 한 번, 신음소리 한 번 않고 온몸으로 받아냈다. 홍수는 그 모습을 가만히 지켜보기만 했다. 걱정스럽진 않았다. 녀석은 잘해낼 거니까. 이 통과의례를 무사히 견뎌내고 일짱이 될 테니까.

"그만!"

홍수의 말에 장맛비처럼 퍼부어지던 발과 주먹이 일시에 뚝 멈췄다. 끝난 것이다. 홍수는 남순에게 다가갔다. 엉망으로 찢긴 얼굴, 실핏줄이 터진 듯 충혈된 눈과 피로 얼룩진 입술. 그 몰골을 하고도 남순은 씩 웃었다. 별거 아니었다는 듯.

"수고했다."

홍수는 그렇게 말하며 손을 내밀어 남순을 일으켜주었다.

남순이 승리고에 다니는 것은 알고 있었다. 일 년 꿇고 2학년인 것도 알고 있었다. 승리고로 전학이 결정됐을 때 남순과 마주칠 수도 있겠다는 생각은 했었다. 그러나 어제와 같은 만남은 떠올려 본 적 없었다. 오랜만에 본 남순은 달랐다. 그가 아이들에게 맞고 있던 이유는 오래전처럼 무언가가 되기 위해서가 아니었다. 그저 때리니까 맞는다는 느낌. 절대 도와주고 싶었던 건 아니다. 알은 체하고 싶지도 않았다. 아니다. 도와주려는 건 아니었는지 몰라도 알은 체는 하고 싶었는지 모른다. 나 박홍수, 이렇게 살아 있다고. 네가 나를 기억에서 지웠더라도, 나는 이렇게 네 눈앞에 나타날 수 있다고.

그때 그 학교 선생이 오지 않았다면 어떻게 되었을까. 남순을 때리던 아이들 셋이 잽싸게 흩어져 튀었다. 남순은 반쯤 정신이 나간 얼굴로 골목 안쪽으로 내달렸다. 그리고 도망칠 곳이 마땅치 않자 자기 키를 훨씬 넘는 담장을 단숨에 뛰어넘었다. 고양이처럼 민첩하고 군더더기 없는 그 도약만은 한때 경기도를 평정한 '쓰나미'다웠다. 그 시절 남순의 흔적을 본 것 같았다.

홍수는 여선생을 따라 교실로 갔다. 다섯 번째 전학. 승리고는 홍수에게 마지막 고등학교여야 했다. 이곳에서 졸업장을 받고 말 생각이었다. 사고치는 것도, 전학 다니는 것도 지긋지긋했다. 누나가 자기 때문에 우는 모습을 보고 싶지 않았다. 있는 듯 없는 듯,

아침이면 학교에 가고 저녁이면 집으로 돌아가면 된다. 그뿐이다.

교실에서는 남자 담임이 조례 중이었다. 인사를 하라는 여선생의 말에 홍수는 무표정한 얼굴로 말했다.

"박홍수다. 잘 부탁한다."

교실 뒤쪽, 책상에 엎드려 있던 누군가가 벌떡 몸을 일으켰다. 고남순이었다. 전날 맞았던 흔적으로 얼굴은 피멍투성이였다. 같은 반만 아니면 그만이라고 생각했는데, 결국 이렇게 되나 보다.

남순이 얼마나 멘붕인지 얼굴만 봐도 알 만했다. 전날 마주쳤을 때만 해도 남순은 이런 상황을 짐작조차 하지 못했을 것이다. 그저 단 한 번의 우연이라고 생각했거나, 다시는 만날 일 없을 거라고 예단했는지도 모른다. 홍수는 빈자리로 걸어가며 자신에게서 시선을 떼지 못하는 남순에게 눈길 한 번 주지 않고 제 자리에 가 앉았다. 봐주지 않을 작정이었다. 이제부터 이 교실은 남순에게 지옥이 될 것이다.

학교는 여전히 지루하고 갑갑했다. 몇 번이나 학교를 옮겨 다녔지만 특별한 곳은 한 곳도 없었다. 어디를 가나 똑같은 수업, 똑같은 교실, 똑같은 선생들이다. 이번 학교에 다른 점이 하나 있긴 하다. 두 번 다시 마주치고 싶지 않던 사람과 같은 공간에 있어야 한다는 것.

수업시간 사이사이 남순은 홍수를 바라보고 있었다. 하지만 홍수는 완강하게 그 시선을 외면했다. 오늘 본 남순은 어제 골목에서 마주쳤을 때와 또 달랐다. 남자 담임이 '회장'이라고 불렀을 때 남순이 일어날 줄은 생각조차 못 했다. 반 아이들이 격 없이 남순에게 가 장난을 치는 광경은 낯설고 기가 막혔다. 밤새 잠을 설쳤던 것조차 분하기까지 했다. 아무래도 이 학교에서 졸업하려면 앞으로 남순의 존재를 무시하고 부정해야 할 것 같았다. 그렇지 않으면 졸업은 요원한 일이 될 것이다. 자꾸 솟구치는 화를 눌러 참으며 남순을 신경 쓰지 않으려 애썼다. 또 다시 남순이 자신의 인생을 방해하도록 내버려두지 않을 생각이었다.

수학 시간, 수학 선생이자 아이들이 엄포스라 부르는 학생부장이 아이들을 지목해 문제를 풀게 했다. 그중에는 홍수와 정호도 있었다. 정호조차 마지못해 칠판 앞으로 나갔지만 홍수는 미동조차, 표정 변화조차 없이 자리에 앉아 있었다. 굳은 얼굴의 엄포스가 몇 차례 종용했지만 홍수는 모르는 내용이라며 버텼다.

"반항하는 거냐? 여기서도 유급 당하고 싶냐? 너 졸업 제대로 하려면……"

"전 이 학교에서 졸업장 따기로 결심하고 왔거든요. 조용히 다닐 테니까 건드리지 마시죠."

엄포스의 말이 끝나기도 전에 홍수가 대답했다. 반 아이들이 웅성대기 시작했다. 남순의 시선도 느껴졌다. 그러나 그 무엇이든 상관 없었다. 엄포스는 더 이상 문제를 풀라고 하지 않았다. 수업이 끝나면 교무실로 오라는 말뿐이었다.

엄포스의 자리를 찾아가자 그는 뭔가 곰곰이 생각하는 얼굴로 홍수를 바라보더니 입을 열었다.

"건드리지 마라? 좋다. 대신 너도 나 건드리지 마라. 사고도 치지 말고, 무단 지각, 조퇴, 결석 등등 벌점 받을 짓, 일체 하지 말라는 거다."

홍수는 시큰둥한 표정으로 알겠다고 말한 뒤 교무실을 나왔다. 엄포스의 말이 아니더라도 그럴 작정이었다.

교실 뒷문으로 들어서는데 남순이 자신의 빈 책상 위에 교과서를 올려놓는 모습이 보였다. 교실 안으로 들어서려던 홍수는 멈칫했다. 딴엔 챙겨주려는 모양이었지만 그것이 오히려 홍수의 신경을 거슬리게 만들었다. 차라리 남순이 아무것도 하지 않는 것이 나았다. 그래야 남순이 있다는 사실을 의식하지 않을 수 있었다.

"빵도 좀 사와보지 그래?"

배알이 틀려 의자에 앉으며 그렇게 말했더니 남순은 아무렇지 않은 얼굴로 교실을 나갔다. 그리고 잠시 후 빵과 우유를 들고 돌아와 홍수의 책상 위에 올려놓았다. 홍수는 남순이 사온 것을 옆에 있던 기덕에게 던졌다.

"너 먹어라."

남순이 고분고분할수록 심사가 뒤틀렸다. 자신이 망가진 만큼 남순을 망가뜨리고 싶었다. 다시 만나기 전까지는 이런 마음이 될 줄 몰랐다. 그런 감정 따위 다 지나간 줄 알았다.

물론 그 일이 있고 처음엔 남순이 죽이고 싶도록 미웠다. 하지만 분노와 증오마저 지나가자 폐허가 된 마음만 남았다. 그때부터는 대답 없는 질문만 되풀이했다. 남순은 왜 그랬을까? 왜 그렇게 도망쳐버렸을까? 왜 내게 용서해달라고 말하지 않았을까? 하지만 지금의 남순을 보니 그런 물음표가 부질없게 느껴졌다. 의문이 사라진 자리에 다시 분노가 차올랐다.

3년 전 그날 이후 홍수가 어떻게 지냈던가. 온갖 사고를 치고 여러 학교를 떠돌아다닌 것은 스스로를 소모하고 낭비하기 위한 발악이었다. 그리고 이제는 그렇게 발악하는 것마저 무의미하게 느껴졌다. 완전히 빈껍데기가 된 것이다.

그런데 남순은 달랐다. 홍수가 모든 것을 잃고 방황하는 내내, 남순은 저렇게 지냈던 것일까? 남들처럼 학교에 다니고, 아이들과 어울리면서? 홍수에게 했던 짓 따위 까맣게 잊어버리고? 만약 다시 만난 남순이 홍수만큼 망가져 있었다면 이런 마음이 들진 않았을 것이다. 용서할 수는 없어도 지금처럼 뒤틀린 기분이 되지도 않았을 것이다.

벌써 교실에는 홍수의 과거로 오인된 남순의 이야기가 돌고 있었다. 중2 때 경기도 일대를 평정하고 조폭들에게 엄청난 스카우트 제의를 받았던 전설의 일짱, 쓰나미. 그런데도 남순은 해명은커녕 묵묵히 홍수가 시킨 일을 해낼 뿐이다. 사죄하는 척 셔틀이나 하면서. 어쩌면 남순은 침묵함으로써 소문을, 과거를, 부정하는 것인지 몰랐다. 남순이 부정하는 과거의 중심에는 홍수가 있었다.

그리고 지금 홍수를 가장 화나게 하는 것은, 바로 평범한 학생으로 살아가는 남순의 현재 그 자체였다. 그것은 3년 전 홍수가 빼앗긴 미래처럼 느껴졌다.

*

  인재는 상담실에서 정호와 마주앉았다. 마음이 쓰이는 아이들이 많았고 그 아이들과 차례로 상담을 해야 했지만 누구보다 정호가 급했다. 1번 타자는 오정호라고 분명히 말해두었는데도, 종례가 끝나자마자 정호는 건들거리며 상담실 반대편 복도로 걸어갔다. 때마침 나타난 조봉수 선생님이 도와주지 않았다면 이렇게 정호와 마주앉을 기회도 없었을 것이다.
  "지금 네가 교내 봉사활동도 많이 밀려 있고 결석도 너무 많아서 이대로는 졸업이 어려울 수 있어."
  정호는 다리를 꼰 채 의자 등받이에 몸을 기대고 손톱 밑의 거스러미를 떼어내고 있었다. 인재의 말을 듣고 있는 건지 아닌 건지 알 수 없는 표정이었다. 인재는 생활기록부를 덮고 정호의 얼굴을 바라보았다.
  "뭐 힘든 일 있니? 집에는 별일 없고?"
  정호가 픽 웃었다. 힘든 일 있으면 어쩔 건데? 집에 별일 있으면 도와주기라도 하려고? 정호는 마치 그렇게 되묻고 있는 것처럼 보였다. 인재는 자리에서 일어나는 정호의 팔목을 잡았다. 정호는 험악한 표정으로 그 손을 뿌리쳤다.
  "아이 씨, 왜 가식 떨고 그래요? 위하는 척 하지 말라고요."

인재는 상담실을 나가는 정호를 따라 복도로 나갔다. 인재의 마음, 인재의 질문을 가식으로 매도하는 정호에게 화가 나서일까, 인재는 자기도 모르게 목소리를 높였다.

"말조심해. 너 센 척하느라 이러나 본데 소용없어. 내 눈엔 다 보이니까."

"센 척은 쌤도 하잖아요. 약하면 호구되는 거 아니까 쌤도 센 척 하는 거 아니에요? 그리고 난 센 척하는 게 아니라 진짜 세거든요. 솔직히 우리 반에서 변기덕보다 쌤이 아래인 거 알아요? 아무도 쌤 안 무서워해요."

그것이야말로 정호가 18년 동안 살면서 깨달은 진실이었다. 약하면 발린다, 약하면 죽는다. 서열 싸움에서 밀리고 약자로 낙인 찍히는 순간 학교생활은 고달파진다. 적어도 승리고에서 정호는 맞설 상대 없는 최강자였다. 그런 정호가 선생이지만 서열로는 밑바닥인 인재의 말을 들을 리가 없었다. 정호는 몸을 돌렸다가 자기 앞에 서 있는 키 큰 남자를 보고 흠칫 놀랐다.

"그럼 난 어떠니? 난 너보다 센 거 같은데?"

언제부터 그곳에 서 있었는지 세찬이 정호를 내려다보고 있었다. 정호는 습관대로 주먹을 쥐었다. 치욕적인 말을 들으면 자기도 모르게 손에 힘부터 들어갔다. 하지만 아이들에게 하듯 주먹을 날릴 수도, 인재에게 하듯 막말을 할 수도 없었다. 세찬의 말처럼, 그는 정호보다 강했다.

"오정호, 싫으면 학교 나오지 마라. 사는 거 고단해서 사방으로 열폭하고 싶으신 모양인데 그건 밖에 나가서 네 친구들한테나 해."

세찬의 표정은 웃고 있었지만 말투는 냉정했다. 정호를 안타까워하거나 바로잡고 싶어하는 마음은 눈곱만큼도 느껴지지 않았다. 세찬은 정호의 주먹 쥔 손을 힐끗 보더니 차가운 목소리로 말을 이었다.

"선생이 때리지도 못하고 벌도 못 주니까 만만하지? 그 얘기는 네가 맞아야지 조용해질 놈이라는 거다. 그 정도로 덜 떨어진 놈은 학교도 안 반가워하니까 그만둬도 돼."

정호는 대답 대신 몸을 홱 돌려 학교를 나갔다. 세찬의 말이 틀리지 않아서, 그래서 한마디도 반박할 수 없어서 더 화가 났다. 정호에게 두려운 것은 정호보다 더 크고 강한 주먹으로 정호를 때리는 사람뿐이었다. 이를테면 아버지처럼.

인재는 창문 너머로 운동장을 가로질러가는 정호를 바라보았다. 괜히 옆에 있던 우유통을 걷어차고 바닥에 침을 뱉는 정호의 뒷모습을 보자 화가 치밀었다. 정호가 아니라 세찬에게.

"정호에게 먼저 사과하세요."

"제가요? 왜요?"

세찬은 정호가 아니라 자신한테 화를 내는 인재를 이해할 수 없다는 표정이었다. 아이에게 당하고 있는 것을 구해줬더니 적반하장이라 여기는지도 몰랐다.

"덜떨어진 놈이라 학교에 안 나와도 된다니, 그게 선생이 학생한테 할 소리예요? 애가 이제 학교에 오고 싶어도 못 올 거 아니에요? 무슨 권리로 애한테 그렇게 상처를 주는 거예요?"

"학생을 움켜쥐고만 있으면 상처 안 줄 것 같나 보죠? 이래도 감싸고 저래도 기다리면 결국 해피엔딩 찍을 거 같죠? 지금 이러는 거 진심입니까? 오정호 끝까지 책임질 겁니까? 그런 거 아니면 지금 관둬요. 그러다 정 선생님도 다칩니다."

세찬은 차오르는 울분을 참고 있는 것처럼 느껴졌다. 냉소 띤 목소리로 빈정거리는 모습은 자주 봤지만, 이렇게 서슬 퍼런 기세로 몰아붙이는 건 처음이었다.

"책임지기 싫은 게 아니라 무서우신 거죠?"

인재는 세찬의 질문에 대답하지 못한 채 겨우 그렇게 되물었다. 하지만 방금 한 말이 세찬이 아니라 자기 스스로에게 던진 질문 같아 착잡했다. 나는 정말 정호를 책임질 수 있는가. 나는 그 책임이 두렵지 않은가. 아니다, 인재도 자신 없고 무서웠다. 하지만 끝을 장담할 수 없다고 해서 애초에 손도 내밀지 말아야 하는 걸까.

진심이냐는 세찬의 말에 이어 가식 떨지 말라는 정호의 말이 떠올랐다. 진심을 받아들이지 못하는 것은, 진심을 받아보지 못했거나 진심에 상처입은 적이 있기 때문이 아닐까. 인재가 진심이라고 믿는 이 마음조차 정호에게는 상처가 아닐까.

*

지난밤 남순은 제대로 잠을 이루지 못했다. 등굣길에도 한 가지 생각뿐이었다. 어떻게 해야 하는 걸까. 남순은 교문 앞에 선 채 학교로 들어가는 아이들을 바라보았다. 전날까지 남순도 저 아이들처럼 아무렇지 않게 학교에 갔고 교실에 앉아 있었다. 하지만 더 이상 그럴 수 없었다.

전날 하굣길에서 남순은 홍수의 뒤를 따라 걸었다. 옆에서 나란히 걷고 싶었지만 홍수가 싫어할 것이 분명해 일정한 거리를 두고 떨어져 걸었다. 갑자기 홍수가 멈춰 섰다. 남순은 잠깐 망설이다가 홍수의 옆으로 가 책가방을 빼앗아들었다.

"어디로 이사 왔냐? 가자."

"지금 친한 척이냐? 감히? ……네가 나갈래, 내가 나갈까?"

어차피 같이 학교에 다닐 수 없다는 것은 남순도 알고 있었다. 홍수는 결코 남순을 용서하지 않을 것이다. 남순이 고분고분할수록 홍수는 화가 날 것이다. 알고 있다. 알고 있지만, 이런 것 말고는 할 수 있는 일이 없었다.

"기왕이면 네가 가라. 도망치는 거 특기잖아."

홍수는 그렇게 말하더니 가방을 빼앗아들고 가 버렸다.

남순은 교문 앞을 서성이며 전날 홍수가 한 말을 생각하고 있었다. '도망치는 거 특기잖아' 그 말이 아프게 마음을 후벼 팠다. 홍수가 돌아온 그 순간부터, 홍수가 원하는 건 다 해줘야 한다고 생각했다. 하지만 그게 남순이 학교를 그만두는 것이라면……

"들어가게?"

어느새 홍수가 다가와 있었다. 남순이 머뭇거리자 홍수는 돌아서 정류장 쪽으로 걸음을 옮겼다. 남순은 다급하게 말했다.

"내가 가."

남순은 정류장을 향해 걸었다. 몇 걸음 걷다 뒤돌아보니, 홍수는 교문 안으로 들어서고 있었다. 아쉬울 것 없다는 듯.

정류장에 도착해 처음 오는 버스에 올라탔다. 뒷문으로 아이들이 우르르 내리고 나자, 혼자 뒷좌석에 앉아 있는 체육복 차림의 하경이 보였다. 눈이 마주쳤지만 남순은 하경에게 왜 학교에 가지 않느냐고 묻지 않았다. 하경도 마찬가지였다. 두 사람은 각자의 자리에 앉아 창문을 내다보았다.

버스는 익숙한 동네를 지나 낯선 곳으로 갔다. 남순에게, 또 하경에게, 매일 아침 버스의 종착지는 승리고 정류장이었다. 버스 노선에는 그 다음 정류장, 그 다음 정류장이 있었지만, 그들에게는 없는 것이나 마찬가지인 곳들이었다.

학교 밖에서 시간은 더 느리게 흘러가고 햇볕은 더 눈부시게 내리쬐었다. 남들이 보기엔 아무것도 아닌 자리겠지만 남순으로서는 여기까지 오는 것도 쉽지 않았다. 멀고 먼 길을 돌아 학교로, 학생으로 돌아왔는데 또다시 그 자리가 흔들리고 있었다.

3년 전 학교를 그만둔 뒤, 남순은 방 안에만 틀어박혀 있었다. 커튼을 치고 몸을 웅크린 채 어둠 속에 틀어박혀 있었다. 어둡고 캄캄한 방에 앉아 있으면 마지막으로 본 홍수의 얼굴이 떠올랐다. 병실 창가에 유령처럼 서 있던 홍수. 병원 안뜰로 들어서는 남순을 무섭게 노려보던 홍수의 눈빛. 그때 알았다. 홍수는 영원히 나를 용서하지 않을 것이다. 평생 미워하고 증오할 것이다. 용서해달라고 말할 수 없다는 그 깨달음이 너무 섬뜩해 남순은 자기도 모르게 뒷걸음치고 말았다. 도망친 것이다.

그때는 몰랐다. 영원히 도망칠 수 없다는 것을. 홍수를 보지 않더라도 홍수의 마지막 눈빛만은 언제까지나 남순을 쫓아다닐 것이다. 다시 홍수를 마주할 수 있게 된 것이 차라리 나은지 모른다. 어차피 도망칠 수 없다면, 너무 많이 늦어버리기는 했지만 이제라도 그 눈빛을 마주보고 용기 내어 말할 수 있을지도 모른다. 미안하다고. 용서해달라고.

버스는 어느새 노선을 한 바퀴 돌아 다시 승리고 정류장에 와 있었다. 홍수에게 떠밀리듯 학교를 나왔지만 이것도 도망인 것 같았다. 남순은 자리에서 일어났다. 학교로 돌아갈 생각이었다. 뒷문으로 내리려다가 여전히 미동도 없이 창밖만 바라보고 있는 하경에게 다가갔다.

"내리자. 혼자 내리기 싫어서 그래."

그 사이 버스는 승리고 정류장을 출발했다. 남순은 하경을 끌다시피 하여 다음 정류장에서 내렸다. 두 사람은 나란히 학교를 향해 걸었다. 할 말이 별로 없었다. 하지만 조금 궁금한 건 있었다. 남순이 물었다.

"왜 꼭 그 학원엘 다녀야 했냐?"

"우리 학교엔 경쟁할 애가 없으니까."

"무슨 경쟁?"

"서울대 갈 애들."

"넌 왜 만날 서울대 타령이냐?"

"다 서울대 나왔거든, 우리 식구들은. 똥 밟은 거지."

"똥치곤 고학력이다."

하경이 피식 웃었다.

하경은 교실에서와는 조금 달라 보였다. 아이들 말처럼 얼음공주만은 아닌 것 같았다. 교실에 있을 때는 하경이 웃는 모습을 본 적 없었다. 아이들과 떠들거나 장난을 치는 모습도 본 적 없었다. 남순과는 다른 과라고 생각해 관심 두지 않았지만, 막연히 생각해 본 적은 있었다. 하경 같은 아이들은 고민도 절망도 없을 거라고.

지난번 한강에서 꼭 그렇지만은 않나 보다 생각했지만, 그렇다고 하경의 고민에 공감할 수 있는 것은 아니었다. 남순의 부모님은 서울대는커녕 대학도 나오지 못했다. 남순에게는 공부를 하라고 잔소리할 사람도 없었다. 고민에도 어떤 수준 같은 게 있는 걸까. 더 잘하고 싶다, 더 좋은 학교에 다니고 싶다. 그것이 하경에게 얼마나 절박한 바람인지 몰라도 남순에게는 그 고민조차 우월하게 느껴졌다.

"그나저나 너는 왜 셔틀하고 그러냐? 걔가 무섭냐?"

하경이 불쑥 물었다.

"응."

"걔가 뭔데?"

"친했거든, 옛날엔…… 진짜로……"

*

남순이 학교에 돌아왔다. 1교시가 끝난 뒤였다. 남순을 그렇게 보낸 뒤 계속 마음이 불편했다. 하지만 돌아온 것을 보니 그것도 그것대로 불편했다. 흥수도 스스로가 무엇을 원하는 건지 잘 알 수 없었다. 남순이 교실에 들어서자마자 기덕이 쪼르르 달려갔다.

"어디 갔었냐?"

영우도 남순에게 다가가 말을 걸었다.

"거거, 걱정했잖아."

강주가 남순의 정정이를 걷어찼고, 종현이 남순의 목을 조르며 등에 올라타는 시늉을 했다. 아이들에게 둘러싸여 있는 남순을 보자 왠지 모르게 박탈감이 들었다. 모든 게 다 꼴 보기 싫었다. 남순을 저 테두리 밖으로 끌어내고 싶다고 생각했다.

흥수는 주머니 속에 든 담배를 만지작거리며 땡골로 갔다. 불을 붙이려는데 뒤에서 남순이 쑥 나타나더니 담배를 빼앗고 턱짓으로 위쪽을 가리켰다. CCTV였다. 흥수는 그런 남순이 같잖았다.

"그냥 가라, 맞기 전에."

"때려라. 내가 갈 데가 없더라, 학교 말곤."

물론 흥수는 남순을 때릴 생각이 없었다. 때리는 것으로는 남순을 괴롭게 할 수 없으니까. 때리는 것도 일종의 용서다. 헛된 분풀이다. 그것은 오히려 남순의 마음을 조금이나마 편하게 할 것이다.

"너 연기 잘하더라?"

홍수의 빈정거림에 남순의 얼굴이 굳었다. 그럴 줄 알았다. 홍수도 그냥 던져본 말이 아니었다. 주먹보다 이 말 한마디의 효력이 더 클 거라는 것을 알고 있었다.

"애들은 네가 멀쩡한 놈인지 아는 것 같던데? 나이도 속였냐? 너한테 막 친구 먹던데? 조마조마하겠다. 나 때문에 네 과거 들킬까봐."

"상관없어."

"정말? 애들이 너 어떤 새끼인지 알아도 지금 같을까? 어쨌든 각오는 해둬라. 끝까지 지켜지는 비밀이 어디 있겠냐?"

홍수는 한껏 비웃음을 담아 이죽거렸다. 상관없다는 말이 진심이 아니라는 것쯤 남순의 얼굴만 봐도 알 수 있었다. 비밀이 되도록 늦게 밝혀졌으면 좋겠다. 비밀이 밝혀지는 순간보다 밝혀질까봐 조바심 내는 순간이 더 괴로울 테니까.

*

'오정호, 아버지의 주사와 폭력이 심한 것 같음.'

인재가 찾아본 1학기 학생기록부에는 그렇게 적혀 있었다. 정호 아버지와 이야기를 해봐야 할까. 정호 아버지는 전화를 받지 않았다. 몇 번을 더 걸어봐도 신호음만 길게 이어질 뿐이었다. 인재는 수화기를 내려놓고 생각에 잠겼다. 오늘도 정호는 학교에 오지 않았다. 일곱 번만 더 결석하면 유급이었다.

오늘 조례가 끝나도록 학교에 오지 않은 아이는 세 명이었다. 고남순, 송하경, 오정호. 아프다고 문자를 보내온 하경에게는 곧바로 답장을 보냈다. '많이 아프니?' 남순에게도 문자를 보냈다. '왜 안 오니?' 하지만 정호에게는 문자를 보낼 수 없었다. 메시지 창에 '정호야' 하고 입력하고 나니 더 이상 무슨 말을 해야 좋을지 알 수 없었다. 결국 정호에게는 연락하지 못했다.

퇴근을 하려는데 정호 아버지에게서 전화가 왔다. 집으로 오라는 말에 인재는 주소를 받아 적은 뒤 얼른 가방을 챙겼다. 옆에서 통화 내용을 듣고 있던 유난희 선생은 걱정스러운 얼굴이었다.

"정 선생 혼자 가면 안 돼. 정호 아버지, 작년에도 술 드시고 학교 오셔서 얼마나 난동을 피우셨다고. 교무실 의자도 하나 부수고. 웬만하면 내일 낮에 학교로 오시라고 해. 꼭 낮에."

그럴 수 없었다. 학교에 안 오겠다는 정호 아버지에게 부탁하다시피 해서 잡은 약속이었다. 다음날 정호 아버지의 마음이 안 바뀐다고 장담할 수 없었다.

"강 쌤이 같이 좀 가주지. 담임인데."

권남희 선생이 세찬의 자리를 힐끗거렸지만 세찬은 이미 퇴근한 뒤였다. 퇴근인지 도망인지, 아무튼 칼이었다.

학교를 나오자 횡단보도에서 신호대기 중이던 차가 인재 앞으로 다가왔다. 세찬이었다. 인재 혼자 정호 아버지를 만난다는 게 내심 찜찜했던 모양이었다.

"타세요. 같이 가줄게요."

안심이 되면서도 못마땅했다.

"이렇게 좋은 차를 타고 어떻게 가요?"

"뭐, 무지 황공하시겠지만 참고 타시죠."

"그게 아니라요, 정호 동네에 이런 차 가지고 들어가면 좀 그렇잖아요. 학부모 만나러 가는 담임이."

그제야 세찬은 무안한 얼굴이었다.

"큰길에 세워놓으면 될 거 아닙니까."

세찬이 재촉하듯 바라보자 그제야 인재는 조수석에 탔다.

두 사람은 동네 입구에 차를 세운 뒤 함께 오르막길을 걸어갔다. 낡은 집들은 창문이 맞닿을 듯 다닥다닥 붙어 있었다. 군데군데 가로등마저 나가 골목은 어둑했고, 담벼락에는 이삿짐센터 전단지들이 잔뜩 붙어 있었다. 동네를 먼저 떠난 상가들은 창문이 깨져 있거나, 건물을 허물다 만 흔적이 남아 있었다. 재개발이 미뤄진 곳 특유의 신산하고 을씨년스러운 분위기였다.

정호의 집은 거의 꼭대기에 있었다. 이층으로 된 다가구 주택의 반지하였다. 초인종도 없었고, 현관문을 두드려도 아무 기척이 없었다. 인재가 정호에게 전화를 걸었지만 전화는 연결되지 않았다. 세찬이 말했다.

"맨 정신이었어요? 술 드신 거 아니고?"

인재는 아무 말 없이 이번에는 착신목록을 뒤져 정호 아버지에게 전화를 걸었다. 마찬가지였다. 세찬은 더 이상 못 기다리겠는지 계단을 올라갔다.

"오늘은 그냥 가죠."

"좀 더 기다려보구요."

"아무리 기다려도 정호 인생 책임 못 지십니다."

"책임 못 지니까 손도 내밀지 말라고요? 전 좀 더 기다릴래요."

"깡이 센 겁니까, 간이 큰 겁니까?"

"둘 다요."

인재는 계단에 쪼그려 앉아 정호의 집 현관문을 바라보았다. 대문을 나서려던 세찬이 인재를 돌아보더니 툭 던지듯 말했다.

"제가 공익이었거든요, 것도 놀이공원에서 일하는. 매일같이 애 잃어버린 엄마들이 찾아왔는데 꼭 하는 얘기가 있어요. 잠깐 한눈팔았는데, 딱 한 번 손을 놨을 뿐인데, 애가 없어졌다고."

세찬이 왜 갑자기 이런 이야기를 하는지 알 수 없었다.

"그러니까…… 엄마도 놓친다고요."

문득 세찬의 표정이 쓸쓸해졌다. 누군가의 손을 잡는다는 건 그 손을 놓칠 위험 또한 감수한다는 것이다. 그 사실은 모른 채 타인에게 손을 내미는 것은 양날의 칼처럼 타자와 스스로를 동시에 상처입히는 일일 수 있다. 인재는 정호가 상처받지 않기를 바랐다. 하지만 그러기 위해선 어떻게 해야 할까. 지금 내밀고 있는 손으로 정호를 더 강하게 움켜잡아야 할까, 아니면 그 손을 빨리 거둬들여야 할까.

인재는 다시 정호에게 전화를 걸었다. 정호가 받으리라는 기대는 없지만 무심한 신호음을 들으면서도 그렇게 할 수밖에 없었다. 갑자기 신호음이 뚝 끊기더니 "쌤" 하고 부르는 목소리가 들렸다.

"정호니? 선생님 지금 너희 집……"

"큰일났어요!"

지훈이었다. 인재는 수화기를 든 채 대문을 뛰어나갔다. 저만치 세찬이 걸어가고 있었다. 인재는 다급하게 세찬을 불렀다.

*

어두운 공터에 서 있는 두 개의 그림자가 보였다. 정호와 지훈이었다. 홍수가 천천히 다가가자 정호가 한걸음 앞으로 나왔다.

"경기도 일짱이셨다며?"

"그 뻥을 믿냐? 그냥 조용히 다니자. 그 말 하러 왔다."

"그렇겐 못하겠는데?"

홍수는 인상을 찌푸렸다. 고남순에 엄포스만 해도 충분히 골치가 아픈데, 이 같잖은 놈은 사사건건 시비다. 도와주는 인간이 하나도 없다. 무시할 생각으로 홍수가 발걸음을 돌리자 정호가 재빨리 그 앞을 막아섰다.

"어디 가, 새꺄."

"도망간다, 새꺄. 파리 새끼 귀찮아서."

정호가 입술을 깨물며 주먹을 불끈 쥔 그때, 저쪽에서 오토바이 엔진 소리가 났다. 오토바이에서 내려 부랴부랴 공터로 뛰어오는 사람, 남순이었다. 뻔한 얘기다. 남순은 흥수와 한 판 뜰 거라는 정호의 메시지를 받고 아르바이트를 하다 말고 달려왔을 것이다. 정호는 남순을 쳐다보며 히죽거렸다.

"부른다고 쪼르르 오냐, 똥개 새끼처……"

정호의 말이 채 끝나기도 전에 흥수가 선빵을 날렸다. 예기치 못한 타이밍에 날아온 기습 공격에 정호는 얼굴을 움켜쥐고 바닥에 나뒹굴었다. 그 사이 남순이 달려와 흥수 옆에 섰다. 흥수는 남순을 힐끗 쳐다본 뒤 보란 듯이 세게 쥐고 있던 주먹에서 힘을 뺐다. 그러고는 바지 주머니에 양손을 찔러 넣은 채 정호 앞으로 걸어갔다. 마치 네 맘대로 때려보란 듯. 남순은 그 모습을 멍한 눈빛으로 바라보았다.

정호가 모질게 두들겨 패기 시작했지만 흥수는 싸울 의지조차 없는 듯했다. 정호가 온몸의 체중을 실어 흥수를 내리밟으려는 순간, 남순은 몸을 날려 흥수를 껴안았다. 하지만 흥수는 남순을 밀쳐낸 뒤 비틀거리며 자리에서 일어났다. 그리고 입안에 고인 핏물을 침과 함께 뱉어낸 뒤 정호를 도발하기 시작했다.

"어디서 좀 맞아본 솜씨인데? 누구냐? 아빠? 네가 밖에서 이 지랄 떨 정도면 뻔하지."

흥수가 아는 한, 만성적이고 상습적인 폭력은 가장 가까운 사람에게서 비롯되었다. 함께 어울렸던 친구들 중에도 그런 아이들이 있었다. 잘 맞아봤기 때문에 잘 때리게 된 아이들, 맞는 것에도 때리는 것에도 이골이 난 아이들, 그러다 결국에는 맞고 때리는 행위에 무감각해진 아이들. 정호도 그 아이들과 다르지 않아 보였다.

'아빠'라는 단어가 나온 순간, 정호는 완전히 눈이 뒤집힌 상태였다. 이성을 잃은 정호의 주먹은 아까보다 더 무자비했다. 정호의 주먹은 남순의 것인지 홍수의 것인지 모를 피로 얼룩져 있었다. 그러나 홍수가 진짜 도발하려는 사람은 처음부터 정호가 아니었다. 고남순. 착한 척, 약한 척, 자신을 위하는 척하는 고남순 말고 예전에 알던 그 고남순을 보고 싶었다. 그것이 홍수가 원하는 남순의 모습이었다.

남순은 자신의 몸으로 홍수를 덮다시피 하고 있었다. 처음 홍수가 전학 왔을 때 충격과 당혹감은 말로 다 할 수 없었다. 하지만 이것은 기회일지도 몰랐다. 홍수에게 용서를 빌 기회, 무엇이라도 해줄 수 있는 기회. 그것이 셔틀을 해주는 것이든 대신 맞아주는 것이든, 홍수를 위해서라면 무엇이든 하고 싶었다. 아니, 해야 했다. 홍수라면 그래도 괜찮았다.

정호의 무지막지한 주먹을 견뎌내며 남순은 이를 악물었다. 이건 아무것도 아니다. 이건 내가 홍수에게 저지른 짓에 비하면 아무것도 아니다. 홍수를 다시 만나기 전까지는 불행했던 그 사고와, 그 사고에 대해 사과하지 못했다는 것만이 미안했다. 하지만 지금은 모든 것이 미안했다. 홍수가 사고를 치고 유급을 당하고 학교를 옮겨 다니는 동안 남순만 무사했다는 것이, 홍수의 시간이 멈춰서 있는 동안에도 남순의 시간은 흘러가고 있었다는 것이.

얼마나 오지게 팼는지 정호도 땀범벅이 된 채 기진맥진해 있었다. 바닥에는 모로 쓰러진 홍수와, 홍수를 껴안고 웅크린 남순이 있었다. 정호는 남순을 힘껏 밀쳐낸 뒤 홍수의 멱살을 부여잡았다.
"너 다리병신이라며? 어쩌냐? 오늘부터 못 걷게 생겼다."
근처에서 멍하니 셋을 보고만 서 있던 지훈은 그 말에 정신이 번쩍 들었다. 때마침 언덕 위에 있던 행인이 패싸움을 목격하고 어딘가로 전화를 거는 모습이 보였다. 곧 경찰이 올 것이다. 덜컥 겁이 난 지훈은 정호를 붙잡고 말려보려 했지만 이미 통제불능이었다. 정호는 옆에 있던 벽돌을 집어 들었다. 그리고 홍수의 종아리를 겨냥하여 내리치려고 했다.
그 순간 남순이 홍수와 정호 사이에 뛰어들어 순식간에 정호의 가슴팍을 밀쳐냈다.
"박홍수, 냅두라고, 새꺄!"
남순이 익숙한 솜씨로 주먹을 휘두르고, 쓰러진 정호를 깔고 앉았다. 남순의 주먹이 사정없이 정호의 얼굴을 내리쳤다. 정호의 얼굴이 피로 얼룩지고, 놀란 지훈이 멍하니 남순을 바라보았다. 갑자기 홍수의 웃음소리가 공터에 울려 퍼졌다. 마음 깊은 곳에서부터 울려 퍼지는 차갑고 냉소적인 웃음이었다.

"고남순, 안 죽었네."

진작 이런 모습을 보고 싶었다. 너무 낯설어서 진짜 홍수가 알던 녀석인지 알 수 없는 지금의 고남순 말고, 닥치는 대로 때리고 부수던 맹수 같은 고남순.

남순은 변하지 말아야 했다. 미안하다면, 용서받고 싶다면, 정지해버린 홍수의 시간처럼 남순도 그때 그 순간에 멈춰 있어야 했다. 먼 훗날 홍수가 그 순간에서 벗어나더라도 남순만은 붙박이처럼 거기에 머물러 있어야 했다. 남순이 언제까지고 그 사건에 붙들려 있는 것만이 홍수의 멈춰버린 과거, 잃어버린 미래를 그나마 위로할 수 있었을 터였다.

어디에선가 사이렌 소리가 들렸다. 경찰차의 헤드라이트가 남순을 비추었다. 남순은 눈물로 얼룩진 얼굴을 들어 빛이 비춰지는 쪽을 바라보았다. 눈이 부셔 아무것도 보이지 않았다. 잠시 후 빛에 익숙해진 눈에 사람들이 보였다. 경찰들, 그리고 그 뒤에 서서 놀란 얼굴을 하고 있는 인재와 세찬.

"누가 짱 먹었냐?"

지구대 내에 나란히 앉은 네 아이에게 세찬은 진짜 궁금하듯 그렇게 물었다. 인재는 물론 아이들조차 어이없다는 얼굴이었다. 남순, 홍수, 정호의 얼굴은 피멍이 들고 부어 있었다. 거의 싸움에 끼어들지 않은 지훈의 얼굴만 그나마 봐줄 만했다. 경찰이 이름과 주민번호를 묻자 남순은 머뭇거렸다. 경찰이 몇 번 더 채근하고 나서야 마지못해 입을 열었다.

"941224……"

'94'라는 말에 정호와 지훈이 흠칫 놀랐다.

"94? 형이네? 너도 일 년 꿇었냐?"

지훈이 물었지만 남순은 아무 말도 하지 않았다. 될 대로 되라는 심정이었다.

네 사람은 합의서에 지장을 찍었다. 가해자는 선빵 친 박홍수, 피해자는 오정호였다. 남순과 지훈은 싸움에 휘말린 것으로 정리되었다. 세찬은 아이들과 인재를 두고 먼저 가버렸지만 인재로서는 세찬이 오늘 일을 모르는 척 해주기로 한 것만으로도 충분했다. 인재는 보호자 자격으로 진술서에 도장을 찍었다.

"오늘부터 너희 보호자는 나인 거 알지? 이제 내 말 잘 들어야 할 텐데. 싫으면 학폭위 열고. 경찰서에서 합의 봤어도 학교에 신고하면 학교폭력위원회 열리고 부모님들 오시는 거 알지? 그러니까 너희는 이제 내가 접수한 거야. 일단…… 밥부터 먹자."

인재는 아이들을 데리고 근처에 있는 국밥집으로 갔다. 김이 모락모락 나는 국밥 네 그릇이 앞에 놓였지만 누구도 숟가락을 들지 않았다.

팍팍 먹으라는 인재의 호령에 아이들은 마지못해 숟가락을 들었다. 수저질을 하는 엄지마다 빨갛게 지장이 묻어 있었다. 인재는 아이들이 안쓰러우면서도 한편으로는 다행이라는 기분이었다.

어쨌든 서열은 정리됐을 것이고 앞으로 같은 일이 되풀이되지 않기를 바랐다.

국밥집을 나온 아이들은 제각기 집으로 흩어졌다. 홍수는 가로등이 켜진 골목을 걸었다. 땅을 다지듯 천천히, 발을 꾹꾹 눌러 걸었다. 뒤에선 아무 소리도 들리지 않았지만, 홍수는 남순이 뒤따라오고 있다는 것을 알고 있었다.

"따라오지 마라."

홍수는 걸음을 멈추고 뒤돌아보았다. 남순도 걸음을 멈췄다. 하지만 고집스럽게 그 자리에 서서 홍수를 바라보았다. 홍수가 빈정거렸다.

"어쩌냐, 은퇴했는데 다시 주먹을 썼으니."

"……"

"그래, 너 아닌 척 하고 사니까 좋냐?"

"지금은…… 이게 나다."

문득, 가로등 불빛에 비친 남순의 얼굴이 낯설었다. 한때 독기가 잔뜩 서려 있던 눈빛은 차분히 가라앉아 있었고, 누구든 걸리기만 하면 가만두지 않을 것 같던 공격적인 표정도 찾아볼 수 없었다. 그렇다. 어쩌면 이게 가식도, 거짓도 없는 지금의 남순인지 모른다. 하지만 홍수는 남순의 그 얼굴이 한없이 이물스러웠다.

"그래? 그럼 난 모르는 놈이네."

홍수는 다시 돌아서 걸었다. 이게 남순의 지금 모습이라면 홍수가 아는 남순의 모습은 뭐였을까. 그 시절이 진짜 있기는 했던 걸까. 지금은 사라진 남순의 옛 모습과 함께 홍수의 흔적도 가뭇없이 사라져버린 것만 같았다.

아직은 아이들의 손을
놓을 때가 아니다

"누가 이긴 필이냐?"

기덕이 종현의 뒤에 붙어 속닥거렸다.

"누군진 몰라도 고남순은 아닌 거 같다. 저 처맞은 꼴 좀 봐라."

종현은 붓고 멍든 남순의 얼굴을 힐끔거렸다. 2학기가 시작된 이래 최초로 결석이 없는 날이었다. 어쩐 일인지 정호 무리까지 시간에 맞춰왔다. 아이들의 호기심에도 아랑곳없이 세 사람은 무표정했다.

교실의 앞문과 뒷문이 열리더니 세찬과 인재가 들어왔다. 교단에 선 세찬은 남순, 홍수, 정호를 차례로 둘러보았다. 누가 짱 먹었는지 몰라도 서열 정리는 끝났을 것이다. 골치 아픈 일 하나가 마무리된 셈이다. 하지만 다음 순간 세찬은 한숨을 내쉬었다. 평소처럼 떠들썩하고 산만한 아이들. 곧 중간교사인데 분위기는 소풍 전날과 다름없었다.

중간교사 때까지 전원 야간자율학습을 시키라는 교장의 지시가 있었지만 세찬은 반대였다. 싫다는 애들 억지로 붙잡아놓아야 안 할 놈들은 안 한다, 하려는 놈들 방해나 안 하면 다행이다. 하지만 더 큰 이유는 자율학습 감독이라는 명목으로 아이들과 함께 세찬까지 붙잡혀 있어야 한다는 것이다.

사사건건 부딪치던 정인재 선생도 웬일로 세찬과 같은 입장이었다. 자율학습을 강제적이고 타율적으로 시킬 수 없다는 이유였다. 이유야 어쨌든 세찬과 인재의 의견이 같은 건 거의 처음인 듯싶었다. 결국 교장은 두 사람의 의견을 따르되, 중간고사에서 2반이 또 꼴찌를 하면 2학기 내내 전원 자율학습을 해야 한다고 못박았다. 물론 그럴 경우, 자율학습 감독은 영락없이 세찬과 인재가 도맡아야 했다.

세찬이 이런 이야기를 하는데도 아이들은 당장 자율학습을 하지 않을 수 있다는 데에 환호를 하고 난리법석이었다. 도대체 얘들은 자기들이 꼴찌를 탈출하려면 몇 점이나 올려야 되는지 알고 있는 걸까.

"한 사람당 무려 3.9점이라고. 그냥 중간고사 때까지 자율학습 하는 게 낫지 않겠냐?"

"에이, 쌤, 우리 넘 무시하는 거 아니에요? 2점짜리 문제 두 개씩만 더 맞히면 되는 거 아니에요?"

"그러니까, 평균 4점을 올려야 된다고. 1인당 과목별로 싹 다 두 문제씩 더 맞아야 한다는 소리다."

"그게 뭐 어려워요?"

"껌이죠."

"야자 싫어요!"

세찬은 제각각 떠들어대는 아이들을 난감한 얼굴로 쳐다보았다. 교실 뒤에 서 있던 인재는 세찬의 곤혹을 눈치 채고 잠깐 망설였지만, 곧 교실을 둘러보며 씩씩하게 말했다.

"좋다, 강제자율학습은 없다. 대신 열심히 공부해서 교실에 억지로 붙잡혀 있지 않아도 잘할 수 있다는 거 보여주자!"

"네!"

중간고사가 끝나면 꼼짝없이 야자감독을 도맡아야 한다는 것이 기정사실화되는 순간이었다. 꼴찌를 하든 말든 상관없지만, 밤 늦게까지 학교에 붙잡혀 있지 않기 위해서라도 세찬은 아이들의 점수를 올려야 했다. 세상에, 3.9점이라니.

*

쉬는 시간에 하경이 교무실로 인재를 찾아왔다. 굳은 표정으로 손에는 수행평가지를 들고 있었다.

"선생님, 제 수행평가 점수, 잘못 매기신 것 같은데요."

인재는 시험지를 받아 다시 한 번 읽어보았다.

"아무 문제도 없는데?"

"도입, 주장, 근거, 결론, 도출 다 제대로 썼는데요?"

하경의 말 대로였다. 도입부터 도출까지 아무 문제도 없었다. 개념의 핵심을 잘 이해하고 있었고 표현도 정확한 편이었다. 문장은 간결한 단문이었으며 두괄식 구성을 취해 논지도 잘 드러났다. 하경의 답안지는 완벽했다. 딱 하나, 자기 생각이 없다는 것만 빼면. 그것은 한 가지 결점이기 이전에 논술의 가장 중요한 덕목이라는 것이 인재의 생각이었다. 하경의 이번 논술 수행평가는 중간보다 조금 높은 정도였다.

이번 수행평가 일등은 강주였다. 조례가 끝난 뒤 인재는 강주에게 평가지를 건네며 반 아이들이 다 들을 수 있게 큰 소리로 말했다. "이번 수행평가 일등은 강주네." 강주는 잠깐 얼떨떨한 표정이었지만 곧 시험지를 내려다보며 기뻐했다. 중위권인 자신이 하경이나 민기 같은 쟁쟁한 아이들을 제치고 일등을 했다는 사실이 믿기지 않는 듯했다.

논술은 설득력의 힘이다. 강주의 답안지는 설득력이 뛰어났다. 설득력은 지식과 함께 공감능력에서 비롯된다. 누구보다 공감능력이 뛰어난 강주는, 논제를 파악한 뒤 자기만의 언어로 상대의 공감을 이끌어낼 줄 알았다. 강주는 스스로의 능력을 잘 몰랐지만 인재는 한눈에 그것을 알아볼 수 있었다. 답안지를 나눠준 뒤 하경과 민기의 표정이 굳는 것을 얼핏 보았지만, 그때까지만 해도 크게 마음 쓰지 않았다.

"논술은 자기 생각을 쓰는 건데 여기엔 네 생각이 없잖아."

"논술은 제가 쓰고 싶은 걸 쓰는 게 아니라, 쓰라고 하는 걸 쓰는 시험이라고 배웠는데요."

"누구한테?"

그때 세찬이 교무실로 들어왔다. 하경에게 논술은 이렇게 쓰는 거라고 가르친 장본인이었다.

"선생님이 다시 점수 매겨주세요."

하경이 세찬에게 평가지를 내밀었다. 인재는 평가지를 쥔 하경의 손을 잡으며 단호하게 말했다.

"아니, 이번엔 이게 네 점수야. 모범답안을 그대로 쓴 건 점수를 줄 수가 없어."

"그럼 모범답안은 왜 있는 건데요?"

인재는 말문이 막혔다. 하경은 인재의 대답 따위 기대하지 않았다는 듯 교무실을 나가버렸다. 하지만 하경이 끝까지 대답을 기다렸더라도 설명할 수 없었을 것이다. 모범답안 그 자체는 문제에 대한 해답이 아니라는 것을.

시험만이 아니다. 살면서 부딪치는 수많은 난제들에 대해 모범답안은 아무것도 말해주지 않는다. 어떤 문제에 맞닥뜨렸을 때 결국은 스스로 생각하고 판단하는 수밖에 없다. 그러다 보면 가까운 길을 돌아가거나, 왔던 길을 되짚어가는 때도 있을 것이다. 내 생각이 잘못되었음을, 내 판단이 틀렸음을 인정해야 하는 순간도 올 것이다. 하지만 인생엔 모범답안이 존재하지 않고 정답인지 오답인지 모를 혼란 속에서 스스로를 믿는 것밖에는 방법이 없다는 것을, 모범답안을 신뢰하는 아이들에게 어떻게 설명해야 할까.

많이 속상해하던 하경의 표정이 마음에 걸렸다. 우등생 가운데에는 초조함과 불안감이 심한 아이들이 있었다. 그 아이들은 더 위로 올라가지 못할까봐 조마조마해했고, 한 번이라도 아래로 떨어질까봐 전전긍긍했다. 작은 손해도 감수하려 하지 않았고, 사소한 일에도 날카롭게 반응했다. 하경은 그런 아이들 속에서 도드라져 보였다. 머리도 좋았지만 일희일비하지 않는 의연함 때문이었다. 인재는 처음으로 하경의 불안감을 엿본 기분이었다.

*

홍수는 어두운 골목길을 터덜터덜 걸었다. 쇼핑백에는 조금 전 구입한 교과서가 들어 있었다. 누나는 이 돈을 주기 위해 하루 종일 백화점 매장에 서서 일했을 것이다. 교과서만이 아니다. 홍수가 입고 먹는 모든 것은 누나의 지갑에서 나왔다. 홍수와 누나는 터울이 컸다. 이십대 중반이 넘도록 누나는 또래 여자들처럼 예쁜 옷, 좋은 화장품 한 번 써보지 못했다. 모르긴 해도 제대로 된 연애도 못 해봤을 것이다. 엄마가 죽은 뒤 누나는 늘 엄마 대신이었다.

네 번째 학교에서 전학 권유를 받았을 때 누나는 홍수를 붙잡고 펑펑 울었다. 엄마의 긴 투병 중에도 울지 않던 누나였다. 엄마의 빈소에서도 울음을 꾹꾹 눌러 삼키던 누나였다. 가끔 누나의 눈은 많이 부어 있었지만, 그래서 그토록 꿋꿋한 누나도 혼자 있을 때는 우나 보다 짐작했지만, 홍수 앞에서 울음을 터뜨린 적은 없었다. 그런 누나가 눈물범벅이 된 얼굴을 하고 말했던 것이다. 졸업해야 한다고, 네가 잘못되면 누나도 못 산다고.

누나는 아직 젊고 예쁘다. 이렇게 흘려 보내기엔 아까운 나이다. 두 사람 몫의 짐을 언제까지나 누나 혼자 지게 할 수는 없다. 홍수가 졸업을 하고 취업을 하면 누나는 지금보다 일을 덜할 수 있을 것이고, 동생이 아니라 자기 자신을 위해 무언가를 해볼 수도 있을 것이다. 엄마가 죽은 뒤 홍수만을 위해 살아온 누나에게 이제는 홍수가 뭔가를 해줄 차례였다. 그리고 졸업은, 그 첫 번째였다.

그러나 무엇 하나 뜻대로 되는 게 없다. 인생이 단 한 번도 자기 마음대로 흘러간 적 없는 것 같다. 남들 다 하는 졸업, 남들 다 가지고 있는 고등학교 졸업장, 그마저도 쉽지 않다. 왜 하필 이 학교로 전학 왔을까. 왜 다시 남순을 만나게 되었을까.

싸움을 하다 보면 알게 된다. 맞는 순간은 아프지 않다. 고통은 언제나 맞은 다음에 온다. 그 사고도 그랬다. 정말 괴로웠던 시간은 사고 이후에 왔고, 남순이 도망침으로써 홍수는 그 시간을 혼자 견뎌야 했다. 처음에는 매일매일 그 사고를 떠올렸다. 몇 가지 일들은 스냅사진처럼 정지된 장면으로 눈앞에 떠오르곤 했다. 육중한 통증과 함께 다리뼈가 으스러지던 순간, 병원에서 본 남순의 마지막 얼굴 같은 것들.

하지만 시간은 흘렀고 홍수를 괴롭히던 감정들도 지나갔다. 아니, 지나간 줄 알았다. 하지만 마모되고 무뎌졌던 것일 뿐 완전히 없어진 것은 아니었나 보다. 배설하지 못한 감정은 언제까지고 마음속에 남아 독기를 내뿜는다는 것을 남순이 일깨워준 셈이었다.

홍수는 집 앞에 서 있는 사람을 보고 멈춰 섰다. 대문 앞에서 누나가 누군가와 이야기를 나누고 있었다. 아니, 누나는 이야기를 하고 있는 게 아니라 잔뜩 흥분한 얼굴로 소리를 지르고 있었다.

"우리 홍수 건드리지 마. 아니, 아는 척도 하지 마. 너 다시 한 번 우리 홍수 앞길 막으면 내가 가만히 안 둬!"

일방적으로 퍼붓는 누나의 말을 가만히 듣고 있는 사람은 남순이었다. 누나는 안으로 들어가려다가 다시 남순을 돌아보며 분통을 터뜨렸다.

"대체 네가 어떻게…… 너희가 얼마나 친했는데."

갑자기 쇼핑백에 든 교과서가 돌덩이처럼 무겁게 느껴졌다. 남순을 지나쳐 대문 안으로 들어가려는데 남순이 무언가를 내밀었다. 남순의 손에도 쇼핑백이 들려 있었다.

"교과서야."

홍수는 대답 없이 대문을 열었다. 등 뒤에서 망설이는 듯한 작은 목소리가 들렸다.

"내가, 미안……"

홍수는 계단을 올라 현관문을 열었다. 들어가기 전 잠깐 뒤돌아보았다. 남순은 고개를 떨어뜨린 채 쇼핑백만 바라보고 있었다.

*

 오전 무렵 연락도 없이 민기 엄마가 찾아왔다. 전날 교무실로 찾아온 하경의 모습이 오버랩 되었다. 또 수행평가 때문일 것 같았다. 인재가 자리로 안내하기도 전에 민기 엄마는 자연스럽게 교무실 한쪽에 놓인 테이블 앞에 앉더니 핸드백에서 종이 한 장을 꺼냈다.
 "제가 전문가에게 문의를 해봤는데 이번 논술 수행평가 문제에 허점이 많다고 하네요. 문제 자체에 출제자의 주관이 들어가 있어서 평가 기준이 명확하지 않을뿐더러 공정한 채점이 어렵다고 합니다. 한마디로 선생님이 출제를 잘못하셨다는 거죠. 이번 수행평가 결과를 무효로 해주시든지 재평가를 하시죠."
 수업이 끝났음을 알리는 종이 울렸다. 프린터물을 들고 교무실로 들어온 민기는 담임과 마주앉아 있는 엄마를 보고 사색이 되었다. 전날 수행평가 점수에 대해 꼬치꼬치 캐묻던 엄마였다. 기대에 미치지 못하는 수행평가 점수보다, 수행평가지를 들고 여기저기 전화를 해대는 엄마의 모습이 민기에게는 더 큰 스트레스였다.
 공부도 잘하고 아이들과의 관계도 원만한 민기의 학교생활은 누가 봐도 모범적이었다. 그런 민기에게 엄마의 존재는 유일한 콤플렉스였다. 손수 운전을 하여 민기를 등하교시켜주는 엄마, 시험기간이면 아홉시 정각에 민기를 데리러 오는 엄마. 아이들은 아홉시가 되자마자 학교를 빠져나가는 민기를 신데렐라라고, 일 분도 늦은 적 없는 민기의 엄마를 호박마차라고 불렀다. 엄마의 치맛바람이 학교를 휩쓸고 지나갈 때마다 민기는 심한 부끄러움을 느꼈다.

인재는 민기의 얼굴이 벌겋게 달아올라 있는 것을 보았다. 민기 엄마는 당당한 얼굴로 인재 앞에 앉아 있었지만, 민기는 부끄러워하고 있었다. 선생님에게 미안해하고 있었다. 인재는 민기가 교무실을 나가기를 기다렸다가 차분한 목소리로 말했다.

"학생을 평가하는 건 교사의 권한입니다. 그리고 저는 정확한 평가기준에 따라 채점을 마쳤습니다. 괜찮으시면 민기가 어느 부분에서 부족했는지 설명드려도 될까요?"

시종일관 당당하던 민기 엄마의 얼굴이 싸늘하게 변했다.

"역시 대화가 안 통하는군요. 할 수 없죠."

민기 엄마는 종이를 핸드백에 넣더니 교무실을 나섰다. 다음으로 갈 곳이 어디인지는 뻔했다. 교장실을 제 집처럼 드나드는 민기 엄마였다. 두 사람의 대화를 듣고 있던 유난희 선생이 인재에게 따라 나오라는 눈짓을 했다. 인재는 힘없이 자리에서 일어섰다.

"그러려니 하고 받아줘."

교정을 걸으며 유난희 선생이 말했다. 가을도 막바지인지 하루가 다르게 쌀쌀해지고 있었다. 인재는 몸이 살짝 떨렸다. 얇은 카디건 하나만 걸친 차림이지만 추워서 그런 것만은 아니었다. 부끄러워해야 할 사람은 민기 엄마라고 생각하면서도, 스스로가 초라하게 느껴졌다. 창피하고 무안했다. 유난희 선생이 말을 이었다.

"민기 엄마가 왜 힘이 있는 줄 알아? 전설이거든. 민기 형도 저렇게 해서 미국 예일대 보냈는걸. 원래 우리 학교 전교 일등이었는데 고3 일학기 때 미국 보내서 집어넣은 거야. 당연히 엄마들 사이에선 민기 엄마 말이 진리인 거고."

인재는 고개를 끄덕였다. 납득은 간다. 하지만 인정할 수는 없다.

"이게 정상인가요?"

"당연히 비정상이지. 그런데 대한민국 교육이 어디 정상이야?"

교사 생활 5년차, 그동안 인재가 깨달은 것 중 하나가 학부모 이기는 교사 없다는 사실이다. 어차피 시스템이 비정상이라면 이런저런 일을 놓고 정상과 비정상을 따지는 것 자체가 무의미할 것이다. 학부모와 교사가 수직관계인 것이 정상이냐는 질문, 학부모가 교사 위에 군림하는 것이 정상이냐는 물음 따위 아무도 귀기울여주지 않는 것이다.

옳고 그름이 실종된 곳에서는 힘 있는 자의 말이 진리였다. 그리고 승리고에서 가장 강한 힘을 가진 사람은 아들을 예일대에 보낸 민기 엄마다. 유난희 선생의 말처럼 그러려니 하는 수밖에 없다.

하지만 민기는…… 엄마를 보자마자 주눅 든 얼굴로 교무실을 빠져나가던 민기가 떠올랐다. 민기는 우등생 그룹의 다른 학생들과 달랐다. 은혜나 경민은 자신과 성적이 비슷한 아이들하고만 몰려다녔고 그 테두리 바깥의 아이들에게는 관심 두는 법이 없었다. 한편 하경은 무리조차 없이 오로지 자기 자신과의 싸움에만 열중하는 타입이었다. 민기가 1학기 때 선뜻 회장 일을 맡고 학급의 궂은일을 자청했던 것은 그런 아이들 사이에서 분명 이례적인 모습이었다.

　새빨갛게 달아오른 민기의 얼굴을 생각하자 마음이 안 좋았다. 오늘 일로 상처받은 사람은 인재만이 아닌지 몰랐다. 어쩔 수 없지, 뭐. 인재는 씁쓸하게 중얼거렸다. 제 앞가림도 못하는 처지에 민기의 마음까지 다독여줄 엄두가 나지 않았다.

　점심시간, 인재가 교직원 식당에서 밥을 먹고 있는데 세찬이 슬그머니 다가와 맞은편에 앉았다. 이미 식사를 마쳤는지 식판도 없이 빈손이었다. 세찬은 잠깐 눈치를 살피더니 조심스럽게 말을 꺼냈다.
　"문학 A 파트는 시험 문제 다 내셨어요? 제가 좀 봐도 될까요?"
　"조금만 더 하면 끝나요. 다 내면 그때 협의하시죠. 벌써 다 내셨나 봐요?"
　"저, 그게 아니라…… 이번 문학 시험 문제는 제가 다 내기로 했습니다. 교장 선생님 특별 지시로."
　방금 먹은 밥이 턱 막히는 것 같았다. 인재는 물을 한 모금 마신 뒤 목구멍에 걸려 있던 밥을 억지로 삼켰다. 자기도 모르게 숟가락을 쥔 손에 힘이 들어갔다. 괜히 식판에 담긴 밥을 꾹 눌렀다. 민기 엄마가 교장실로 직행할 줄은 알았지만 출제 권한 자체를 빼앗아버릴 줄은 몰랐다. 인재가 이상한 문제라도 낼 거라고 생각한 걸까. 세찬이 말했다.
　"저랑 스타일이 너무 달라서 염려스러우신가 봐요. 이번 중간고

사부터는 내신용 시험 말고 수능형으로 내는 게 좋다고 판단하신 것 같습니다. 제 생각도 그렇고요. 가뜩이나 시간 없는 애들 이중으로 공부시킬 필요 없잖아요. 이번엔 제가 다 내겠습니다."

숟가락을 놓았다. 더 이상 밥을 먹을 수 있을 것 같지 않았다.

"제 문제는 제가 낼 겁니다. 반영하시든 말든 맘대로 하세요."

세찬의 무안해하는 얼굴이 눈에 들어왔지만 인재는 식판을 들고 자리에서 일어났다. 실력 없는 교사. 뒤통수에 그런 딱지가 붙어 있을 것만 같았다. 틀린 말도 아니다. 학부모랑 잘 지내는 것도 실력이니까.

실력 없는 교사가 아니라는 것을 증명하기 위해서라도 좋은 문제를 만들어야 했다. 오기는 생겼지만 자신은 없었다. 전날도 시험 문제를 출제하느라 밤을 새다시피 했다. 하지만 문제 하나를 내고 참고서를 보면 기출문제와 흡사했고, 문제 하나를 내고 승리고 족보를 보면 비슷한 게 또 있었다. 문제집이 널렸는데 하늘 아래 새로운 문제가 어디 있겠는가. 조금 전 먹은 밥이 체한 것 같아 인재는 가슴을 탕탕 두드렸다.

*

오늘 보충반은 별로다. UCC 수업이면 그나마 들을 만한데 인재는 시험 끝날 때까지 UCC 수업은 없다고 했다. 교실에선 아이들이 자습 중이라 인재의 보충수업은 도서실로 옮겨졌다. 자리에 앉아 있는 건 남순과 영우뿐이었다. 다른 아이들은 인재의 허락을 받아 교실에서 자습을 하는 모양이지만 정호와 이경은 또 튄 것이다. 인재는 프린트를 나눠준 뒤 정호에게 전화를 걸었다.

"누구긴 누구야, 네 담임이지. 이이경, 이지훈 데리고 당장 도서실로 튀어와. 싫어? 5분 안에 안 오면 내가 너희 집으로 간다."

인재는 전화를 끊더니 조그맣게 한숨을 내쉬고 프린트 용지를 들었다.

"지난번 쓰기 숙제 때 했던 거 생각나지? 딜레마……"

처음 듣는 내용이었다. 그런 숙제가 있었는지도 깜깜했다. 남순과 영우가 도통 모르겠다는 표정으로 멀뚱멀뚱 쳐다보자 인재는 다시 찬찬히 설명했다.

"자, 여기 봐. 총을 쏘면 살인자가 되지만, 안 쏘면 친구가 죽잖아."

이렇게도 저렇게도 할 수 없는 상황. 그런 것은 너무나 많다. 며칠 전 교문에서 홍수와 마주쳤을 때, 학교를 갈 수도 안 갈 수도 없었을 때, 뭐 그런 것을 딜레마라고 하는 걸까.

"그런데…… 너희가 이런 딜레마 상황에 처하면 어떻게 해야 되는지 알아? 반드시 나한테 물어봐야 된다. 알겠지?"

남순은 옆자리에 앉은 영우를 돌아보았다. '딜레마 상황에 처하면 선생님께 물어봐야 한다……' 필기할 말이 아닌 것까지 영우는 굼뜬 손으로 받아 적고 있었다. 인재의 말마저 끊기자 교실은 쥐 죽은 듯 조용했다. 아이들이 없어서인지 인재는 어쩐지 풀이 죽어보았다. 인재는 잠깐 망설이는 표정이었지만 곧 밝은 목소리로 말했다.

"쌤이 힌트 하나 줄게. 수학 주관식은 통계적으로 19나 17이 많대. 예전엔 17이 많았는데 요즘은 19가 대세래. 그러니까 둘 중에 하나로 찍어봐. 0, 1, 이런 거 말고. 그리고 영어 주관식은……"

인재의 얼굴이 약간 달아올라 있었다. 남순은 인재가 부끄러워하고 있다고 생각했다. 부끄럽고 민망하고, 그런 표정이었다. 어쩌면 선생님이 할 만한 이야기가 아니라고 생각하는지도 모른다.

문이 열리더니 정호와 이경, 지훈이 들어왔다. 인재가 지금 몇 시냐고 야단을 쳤지만 정호는 심드렁한 표정이었다.

"출석했으니까 가도 되죠?"

정호는 그대로 돌아서서 도서실을 나갔다. 이경과 지훈 역시 그 뒤를 따랐다.

"또 이러면 다음부턴 결석 처리할 거야!"

인재가 소리를 질렀지만 세 사람은 이미 나가버린 뒤였다.

보충수업이 끝난 뒤 남순은 바깥에서 기다리던 정호와 마주쳤다.

"고남순, 박홍수, 너희 중학교 동창이더라? 이경이가 졸업 앨범 좀 뒤져봤거든. 네 얼굴은 단체 사진에만 있다던데 자퇴했냐?"

아무래도 인재의 전화 때문에 온 것이 아닌 모양이었다. 인재나 세찬은 더 이상 남순과 정호가 부딪치지 않을 거라고 여기는 듯했지만 남순의 생각은 달랐다. 그렇게만 된다면 얼마나 좋을까. 그러나 간단하게 끝나지 않을 것이다. 한 번 맞붙어본 정호는, 자신이 본 남순의 실체에 대해 순순히 넘어가지 않을 것이다. 정호를 지나쳐 가려는 귓속으로 낮고도 날카로운 목소리가 파고들었다.
"그동안 잘 참았다, 쓰나미."
남순은 순간 우뚝 멈춰섰다. 뒤돌아서지 않은 남순의 등 뒤로 정호의 목소리가 이어졌다.
"그런데 경기도 얼짱이 왜 박홍수한테 벌벌 기냐? 뭐 약점 잡힌 거라도 있냐?"
정호가 얼굴을 들이밀며 싱글싱글 웃었다. 남순은 자기도 모르게 주먹을 쥐었다. 그러나 더 이상은 안 된다. 다시 정호에게 휘말려 주먹을 쓰는 일은 없어야 했다. 그리고 나 때문에 홍수의 인생이 흔들리는 일이 있어서 안 된다. 남순은 이를 꽉 물고 내뱉듯 경고했다.
"박홍수 건드리지 마라."
"건드리면 어쩌게?"
정호는 남순의 주먹 쥔 손을 쳐다보며 히죽 웃었다.
"무지 챙긴다. 목숨이라도 바칠 기세인데? 어디 좀 보자. 고남순 우정이 얼마나 대단한지."
정호가 여유로운 만큼 남순은 불안했다. 쓰나미라는 과거와 홍수의 존재. 그 두 가지가 남순의 치명적인 약점이라는 것을 정호는 이미 알고 있었다. 어쩌면 지난번 싸움은 아무것도 아닌지 몰랐다. 남순의 아킬레스건을 움켜쥔 정호가 무슨 짓을 할지 알 수 없었다. 그러나 정호가 남순에게 무슨 짓을 할지보다 더 걱정스러운 것은, 정호가 홍수에게 무슨 짓을 할지 모른다는 것이었다.

*

교무실에 들어서는 유난희 선생의 얼굴이 새파랗게 질려 있었다. 시험 문제가 담긴 USB를 잃어버렸다는 것이다. 복도에서 노트북을 내려놓은 뒤 잠깐 통화를 하고 돌아섰는데 그 사이 노트북에 꽂아두었던 USB가 없어졌다고 했다.

"이층 복도를 싹 다 뒤졌는데도 없어. 분명히 도난이야. 이층 애들 짓이 틀림없어. 1반부터 4반까지. 1반은 2학년 일등이니까 그럴 리가 없고 2반 애들 짓 아냐?"

"어유, 우리 반 애들은 공부에 관심 없어요."

인재는 얼른 손사래를 쳤다. 세찬은 자기 자리에서 책만 들여다보고 있을 뿐, 선생들의 이야기에 별 관심이 없는 듯했다. 세찬은 책에서 눈을 떼지 않은 채 툭 던지듯 말했다.

"보고 안 해도 됩니까?"

흥분해서 목청을 높이던 유난희 선생은 세찬의 말에 금세 움츠러들었다.

"관리 소홀로 나만 욕먹을 텐데, 뭐. 소문 안 나게 부탁 좀 할게, 다들."

어차피 범인은 못 잡는다. 다시 문제를 내는 것 말고는 방법이 없다. 어쩔 수 없는 일이라고 생각하면서도 인재는 찜찜한 마음이 들었다.

종례시간, 2반 아이들이 교실 뒤편에 몰려 있었다. 뒷문으로 들어선 세찬이 쓰레기통 앞에 서 있는 하경에게 다가갔다.
"뭐하는 거냐?"
하경은 대꾸가 없었다. 인재는 교실 뒤편으로 걸어갔다. 하경이 바라보고 있는 쓰레기통 속에는 물에 젖은 교과서와 노트가 들어 있었다. 하경의 것이었다. 인재는 쓰레기통을 들고 교단에 섰다. 안에 든 것을 교탁 위에 쏟아부었다.
"누구 짓이야? 교실 안에서 일어난 일인데 아무도 본 사람이 없다는 게 말이 돼?"
"쌤, 시험기간에 자주 있는 일이에요."
은혜는 짜증스러운 기색이었다. 별것도 아닌 일에 왜 오버하느냐는 표정, 공부나 하게 조용히 좀 해달라는 표정. 은혜만이 아니었다. 아무도 심각하지 않았다. 다들 대수롭지 않다는 분위기였다.
세찬이 기덕과 종현 사이에 오가는 쪽지를 빼앗아들자 시큰둥하던 아이들의 얼굴에 긴장감이 떠올랐다. 친구의 교과서를 물에 담그는 것보다 더 큰일이 아이들 사이에서 벌어지고 있었던 것이다. 쪽지를 펼쳐본 세찬의 얼굴이 굳었다. 기덕이 쭈뼛거리며 말했다.

"저도 그냥 받은 거예요."

쪽지를 받아든 인재는 자신의 눈을 믿을 수 없었다. 유난희 선생이 잃어버린 USB안에 있었을 윤리 중간고사 답이 왜 2반에서 돌고 있는지 알 수 없었다. 눈치를 보던 종현이 입을 열었다.

"그냥 우리 반끼리만 돌린 거예요."

종현의 변명은 인재가 믿으려 하지 않는 그 일이 사실이라는 뜻이었다. 시험지를 훔친 도둑은 2반 아이들 중 한 명이라는 소리였다. 인재는 자신의 눈앞에 드러난 그 사실에 정신이 아득해지는 것처럼 충격을 받았다.

"누구야? 자수해."

아이들은 말이 없었다. 어차피 자백을 듣는다 해도 달라질 건 없었다. 잘못은 이미 USB를 훔친 사람의 것만이 아니다. 훔친 아이는 한 명일지 몰라도 문제를 공유한 아이는 여럿이다. 이 엄청난 공모 앞에서 범인을 잡아내는 게 무슨 소용일까.

"너희 정말 이런 식으로 나올래? 친구 공부 방해하려고 사물함에 물 붓고, 선생님 시험문제 훔치고, 답을 돌려보기까지 해? 너희 정말 이렇게 저질이야?"

"그냥 다시 내시면 되잖아요. 어차피 그 답 쓸모없잖아요."

경민의 대꾸에 인재는 할 말을 잃었다. 경민처럼 대놓고 말하지 않을 뿐 아이들 모두 그렇게 생각하고 있는지 몰랐다. 멍하니 아이들을 바라보았다. 경민은 다시 고개를 숙이고 문제 풀이에 몰두했다. 은혜는 인재를 째려본 뒤 이어폰을 꺼내 귀를 막았다. 어떤 아이는 휴대폰으로 문자를 보내고 있었고, 또 다른 아이는 친구와 귓속말을 나누며 키득거리고 있었다. 공부를 못해도 좋다. 사고를 쳐도 괜찮다. 하지만 이건 아니다.

"회장, 앞뒷문 다 잠가."

인재는 청소도구함에서 대걸레자루를 집어 들었다.

"다 앞으로 나와."

인재가 교단에 서서 낮은 목소리로 말했지만 아이들 몇 명이 쭈뼛쭈뼛 일어났을 뿐, 대부분의 아이들은 여전히 자기 일에만 집중한 채였다.

"나오라는 소리 안 들려!"

인재가 고함을 지르자 그제야 사태의 심각성을 파악한 듯 아이들이 하나둘 자리에서 일어났다. 맨 앞에 있는 아이의 손을 잡은 뒤 대걸레자루를 높이 치켜들었다. 무서운 기세로 내려온 그것은, 그러나 힘없이 바닥에 패대기쳐졌다. 인재는 대걸레자루를 버리고 자신의 손바닥으로 아이의 손바닥을 있는 힘껏 내려쳤다. 탁, 탁, 탁.

조용한 교실에는 오직 손바닥과 손바닥이 맞부딪치는 소리만이 무섭게 울려 퍼졌다. 그 소리는 끊기지 않을 것처럼 계속되었다. 두 번째 아이, 세 번째 아이를 지나는 동안 인재의 오른손 바닥은 빨갛게 달아올랐다. 따갑고 화끈거리고 얼얼한 것은 손바닥만이 아니었다. 통증은 그보다 더 깊은 곳에서부터 올라왔다.

따가움과 화끈거림과 얼얼함은 네 번째 아이, 다섯 번째 아이를 지나는 동안 심해졌지만 그럴수록 인재는 더 높이, 더 세게 내리쳤다. 손바닥이 얼마나 부풀어오르는지 인재는 알지 못했다. 자기 눈에 눈물이 고여 있는 것도 깨닫지 못했다. 그저 아프게 입술을 깨문 채, 마지막 한 아이를 때릴 때까지 스스로에게 가하는 이 체벌을 그만두어선 안 된다는 생각뿐이었다.

"이제 됐어요."

세찬이 인재의 손바닥을 뒤집었다. 핏줄이 터져 온통 시커먼 손바닥, 제대로 펴지도 못한 채 벌벌 떨리고 있는 인재의 손바닥. 혹독한 체벌을 당한 그 손바닥 앞에 세찬도, 아이들도 말문이 막혔다. 앞문이 벌컥 열리더니 교장이 들어왔다.

"지금 애들 체벌하신 겁니까? 체벌동의각서도 없이요?"

"이게 때린 겁니까? 선생이 맞은 거지!"

세찬은 그렇게 쏘아붙인 뒤 인재의 팔목을 잡고 보건실로 향했다. 보건실 문은 잠겨 있었다. 세찬은 괜히 닫힌 문에 울분을 터뜨렸다.

"사람이 어쩌면 그렇게 미련합니까? 자기 손바닥 터지는 줄도 모르고. 어휴, 멍청한 녀석들, 자기네들이 뭘 잘못했는지도 모르고 있을 거예요, 지금."

인재는 경련하듯 떨리는 오른손을 왼손으로 붙잡았다. 벌써 커다랗게 물집이 올라오고 있었다. 물집이 잡힌 손바닥 위로 눈물이 툭 떨어졌다.

"그게 왜 애들 잘못인데요? 나도, 강 선생님도 그렇게 가르쳤잖아요. 선생도, 부모도 그러라고 했잖아요. 학교도 어쩔 수 없다고 그냥 내버려두는데…… 그게 왜 애들 잘못인데요?"

아무도 아이들에게 과정 따위 묻지 않았다. 친구를 짓밟았든 부정한 짓을 저질렀든, 결과만 좋으면 그 과정에서 무슨 짓을 했는지 관심 두지 않았다. 아무도 과정을 중요하게 생각하지 않는데 아이들인들 그게 중요했을까. 어떻게든 이기면 그만이라고 생각하지 않았을까.

부정행위에 공모한 건 아이들만이 아니다. 옳고 그름을 가르치지 않는 어른들의 잘못에 침묵으로 동조한 건 나도 마찬가지다. 오늘 하루도 나는 몇 번이나 어쩔 수 없다고 생각하지 않았던가. 민기 엄마의 항의 앞에서도, 상처받은 민기 앞에서도, 그리고 USB가 도난당했을 때도, 어쩔 수 없다고 중얼거리지 않았던가. 한 번 터져 나온 울음은 멈추지 않았다. 아이들이 미워서도, 손바닥이 아파서도 아니었다. 인재는 교사 생활을 하는 동안 그렇게 포기하고 눈감아버린, 수많은 일들이 스쳐가서였다.

*

교무실은 텅 비어 있었다. 세찬은 옆자리, 정인재의 자리에 눈길이 갔다. 의자를 안으로 밀어 넣어주고 인재의 책상을 바라보았다. 분필들이 가지런히 정리된 분필통, 분필통 옆에 놓인 두통약, 짜리몽땅해진 빨간색 색연필…… 세찬은 표지에 '2-2'라고 적힌 교무수첩을 집어 들었다.

'고남순 : 강세찬 선생님과 같이 강당 청소. 수업에 들어가서 다행', '계나리 : 두통으로 양호실 세 번. 티 안 나게 상담 시도' '송하경 : 수행평가 문제로 찾아옴. 속상해 보였음' 그러고도 몇 페이지에 걸쳐 아이들에 관한 일상과 거기에 대한 인재의 생각이 빼곡이 적혀 있었다. 세찬은 다시 페이지를 맨 앞으로 넘겼다. '아직은 아이들의 손을 놓을 때가 아니다.' 그리고 '아이들의'라는 글자 위에 별표 세 개.

"꿈도 크다."

세찬은 한숨처럼 중얼거렸다. 이때껏 인재의 열정을 치기로 치부했었다. 저러다 다칠 거라고, 깊이 상처 받고 난 뒤에야 화들짝 놀라 몸을 사릴 거라고 생각했다. 어쩌면 세찬의 생각은 틀렸을지 모른다. 인재는 자신이 다치는 것보다 아이들이 다치는 것을 더 두려워하는 사람이었다.

하지만 인재의 진심을 인정할 수밖에 없는 지금도, 그녀의 꿈이 비현실적이라는 생각은 변함없었다. 아이들이 이루지 못한 꿈 때문에 좌절할 때 선생은 무엇을 해줄 수 있을까. 그들이 졸업을 하고 학교라는 테두리 밖에서 절망할 때 선생은 또 무엇을 해줄 수 있을까. 이 아이들만이 아니다. 이들이 졸업한 뒤에는 또 다른 정호가, 또 다른 남순이, 또 다른 하경이 학교에 올 것이다. 매번 그 아이들을 끝까지 책임질 수 있을 것인가.

조금 전 교실에서의 일이 생각났다. 인재가 없었다면, 그래서 세찬 혼자 쪽지를 발견했다면 어떻게 했을까. 세찬도 야단을 쳤을 것이다. 아이들에게 관심도 기대도 없지만 교사로서 최소한의 훈육은 해야 하니까. 하지만 자기 손바닥으로 아이들의 손바닥을 때리다니, 그런 체벌은 상상도 하지 못했다.

아이들이 문제가 아니라 우리가 문제라는 말. 훈육이란, 그토록 엄정한 자기반성이 전제되어야 하는 것인지 모른다. 세찬이 야단쳤다면 아이들의 잘못을 논리적으로 설명할 수는 있었겠지만, 교사로서의 자신을 먼저 벌 줄 수는 없었을 것이다.

알고 있다. 아이들의 잘못 이전에 어른들의 잘못이 있다는 것을. 다 알지만 어쩔 수 없이 합리화하는 것이다. 내가 그렇게 만든 게 아니라고, 다른 사람이 만들어놓은 프레임을 나 역시 따랐을 뿐이라고.

아이들도 그렇지 않았을까. 문제지를 훔친 사람은 내가 아니라고, 남이 훔쳐온 것을 돌려봤을 뿐이라고, 그렇게 스스로를 합리화하지 않았을까. 어른도 아이도, 모두들 내 잘못이 아니라고 변명할 때 인재만이 그것을 자기 잘못이라고 했다. 너덜너덜해진 인재의 오른손은 이 잘못에 대한 책임으로부터 누구도 자유로울 수 없다는 의미이기도 했다.

세찬은 교무수첩을 제자리에 놓으려다가 책상 구석에 놓인 문학2 시험지를 발견했다. 인재와 같은 꿈을 꾸지는 못해도, 옆에서 그 꿈을 응원하고 지지해줄 수는 있지 않을까.

"아이고, 시험 문제나 내야겠다."

세찬은 인재의 시험지를 들고 자기 자리로 돌아갔다.

*

다음날 아침, 병원을 나오는 인재의 오른손에는 붕대가 감겨 있었다. 인재는 붕대에 감싸인 오른손을 내려다보았다. 붕대는 엉망으로 망가진 손바닥을 가려주는 동시에 그 손바닥이 엉망으로 망가져 있음을 드러내고 있었다. 상처를 가려주면서 드러내는 그 붕대가 손에 감겨 있는 한, 인재도 아이들도 전날 일을 떠올리지 않을 수 없을 것이다.

아홉시였다. 평소 같으면 이미 출근해서 수업에 들어갔을 시간이다. 우두커니 서서 이쪽저쪽을 둘러보았다. 오른쪽으로 방향을 잡고 몇 걸음 걷다가 다시 방향을 바꿔 왼쪽으로 걸었다. 그러다 멈춰 섰다. 어디로 가야 하나……

선생들도 아이들도 학교를 싫어했다. 하지만 인재는 아직 학교가 좋았다. 힘들고 낙담스러웠던 적은 수없이 많았지만, 격렬하게 싸워도 다음날이면 보고 싶은 연인처럼 아이들 생각에 설레는 때가 더 많았다.

그러나 오늘은 아니다. 어떤 얼굴로 아이들을 마주보아야 할지 알 수 없었다. 무슨 일 있었느냐는 듯 무표정한 얼굴로 수업을 하고 종례를 할 수도 있을 것이다. 아니면 평소보다 밝은 목소리로 인사를 건네고 상담을 할 수도 있을 것이다.

하지만 어떤 표정도 감정을 완벽하게 지워버릴 수는 없다. 지금만큼은 아이들이 실망스러웠고, 그 아이들의 담임이라는 사실에 자괴감을 느꼈다. 그런 감정을 아이들에게 들킬까봐 겁이 났다. 드러낼 수도 없고 숨길 수도 없는 그 감정들이 인재와 아이들 사이에 어정쩡하게 머물며 서로를 낯설게 만들 것 같아 두려웠다.

 인재는 마음을 다잡고 다시 걸음을 옮겼다. 아직 아이들 앞에서 어떤 표정을 지어야 할지 결정하지 못했다. 어떤 목소리로, 무슨 말을 건네야 할지도 알 수 없었다. 하지만 갈 데가 없었다. 학교 말고는.

 인재가 교문에 들어서자 운동장에 나와 있던 아이들이 환호성을 질렀다. 체육 시간이었다. 조봉수 선생의 지시에 따라 운동을 하던 아이들이 일제히 동작을 멈추고 손을 흔들었다.

 "쌤!"

 쌀쌀한 바람에 빨갛게 상기된 아이들의 얼굴은 어느 때보다 밝았다. 전날 일은 까맣게 잊어버리고 단지 인재가 돌아왔다는 것만으로 기뻐하는 아이들. 아니, 잊은 것이 아니다. 그냥 지나가버린 것이다. 아이들은 이런저런 감정의 앙금 따위 흘러버리고 마냥 인재를 기다리고 있었던 것인지 모른다.

 "쌤, 우리 다 남아서 공부하기로 했어요!"

 "무단 지각하셨으니까 종례시간에 시 외우세요!"

 헛웃음이 났다. 어떻게 저럴 수 있을까. 학교에 오기 전 망설이고 고민했던 일이 무색할 지경이었다. 서먹하기는커녕 해맑은 얼굴로 농담을 건네는 아이들이 있어 인재는 어떤 표정을 지을지, 어떤 말을 건넬지 고심하지 않아도 되는 것이다.

인재가 조봉수 선생에게 목례를 하자 조 선생은 싱긋 미소를 지어 보였다. 아이들이 원래 그렇잖아요. 그렇게 말하는 듯했다.

*

홍수는 텅 빈 화장실의 구석 칸으로 들어가 담배를 꺼내 물었다. 수학 시간에 또 엄포스와 부딪친 일로 가슴이 갑갑했다. 기껏 가져온 교과서는 오정호가 빼돌렸다. 빈 책상을 앞에 두고 앉아 있는 홍수에게 엄포스는 마지막 경고를 했다. 한 번 더 교과서 없이 수업에 들어오면 자신을 건드린 걸로 간주하겠다고. 전학 권유 따위는 없을 것이며 사고 치면 퇴학, 안 치면 졸업, 둘 중 하나라고. 그때 밖에서 익숙한 목소리가 들려왔다.

"박홍수 건드리지 말랬지?"

홍수는 담배에 불을 붙이려다가 멈칫했다. 남순의 목소리에 이어 정호의 목소리가 들렸다.

"그래서 건드렸지. 네가 찾아오나 안 찾아오나 보려고. 학폭위 한 번 열까 하는데 어떠냐? 난 피해자니까 손해 볼 거 없는데, 박홍수는 가해자니까 퇴학당하겠지?"

"원하는 게 뭐냐?"

"수학시험지 좀 훔쳐 와라."

"……"

"안 하겠단 말은 안 하네? 박홍수가 네 아킬레스건 맞구나?"

더 이상 말소리는 들리지 않았다. 홍수는 입에 물고 있던 담배를 도로 담배갑 속에 넣었다. 남순의 침묵이 긍정을 뜻하는지 부정을 뜻하는지 알 수 없었다. 어느 쪽이든 상관없었다.

야자시간, 기덕은 노란색 음료가 담긴 페트병을 흔들며 교실을 이리저리 돌아다녔다.

"보카스 두 병, 파리웨트 한 캔, 로모나 두 봉지를 넣고 흔들어주기만 하면 붕붕주스 제조 완성이다, 이 말씀이다. 한모금만 마셔도 하룻밤은 거뜬하게 샌다는 신비의 명약, 들어는 봤냐 붕붕주스?"

반 평균을 올리려면 기덕은 차라리 자는 게 나았다. 어찌나 시끄러운지 마음잡고 공부하려던 아이들까지 야자를 포기할 판이었다. 붕붕주스의 부작용인지 몰라도 기덕은 평소보다 더 조증 상태였다.

"너 그러다 카페인 중독된다?"

민기가 걱정스럽게 말했지만 기덕은 페트병에 남아 있던 음료를 단숨에 마신 뒤 목소리를 높여 떠벌렸다.

"나 지금 몇 시간째 깨어 있게? 36시간째! 나 오늘부터 중간고사 끝날 때까지 한숨도 안 잘 거다."

기덕의 말이 끝나자 갑자기 교실의 불이 꺼졌다. 2반만이 아니었다. 학교 전체가 칠흑 같은 어둠이었다. "귀신 아냐?" "공부하지 말고 자라는 거야?" 아이들은 웅성거리며 교실 바깥으로 뛰쳐나갔다.

 불이 꺼지기 전, 홍수는 학교 인쇄실 앞 후미진 곳에 숨어 있었다. 집으로 가다가 되돌아온 참이었다. 상관없다고 생각하면서도 화장실에서 엿들은 대화 내용이 머릿속을 떠나지 않았다. 남순은 정말 시험지를 훔칠 생각일까, 단지 정호가 홍수를 건드릴지 모른다는 이유로?
 남순이 잘못되든 말든 상관없다고 생각했다. 하지만 이런 식으로는 아니다. 정호의 협박에 굴복해 도둑질이나 하는 것은 남순답지 않다. 다시 학교로 돌아오긴 했지만 어떻게 하겠다는 생각은 없었다. 남순이 시험지를 훔친다 해도 말리지 않을 것이다. 어쩌면 홍수는 어떻게 하겠다기보다는 남순이 그러지 않을 거라는 것을 확인하기 위해 돌아온 것인지 몰랐다.
 인쇄실 기사가 문을 잠그고 나오자 김연아 선생이 종종걸음으로 다가왔다.
 "기사님, 문제가 좀 바뀐 게 있어서요. 고사계에서 일단 인쇄부터 빨리 하라고……"
 기사와 김연아 선생이 인쇄실 안으로 들어간 지 얼마나 되었을까, 전원이 나가더니 온 학교가 어둠에 휩싸였다. 기사와 김 선생이 더듬더듬 인쇄실 바깥으로 나왔다. 인쇄실 문은 열린 상태였다.

창문을 통해 희미하게 비쳐드는 달빛 속으로 검은 그림자 하나가 나타났다. 홍수는 남순이 인쇄실 쪽으로 달려가는 모습을, 문손잡이를 움켜쥐는 모습을 가만히 바라보다 자기도 모르게 한발을 내디뎠다. 하지만 홍수가 막 다가가려는 찰나, 남순은 인쇄실 문을 닫고 그곳을 떠났다.

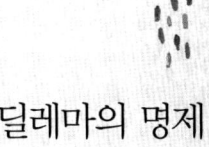

딜레마의 명제

"난리 났다, 난리!"

기덕이 식판을 들고 뛰어왔다. 테이블에서는 민기, 강주, 종현이 밥을 먹고 있었다.

"문학2 시험지 한 장이 훌쩍 사라졌단다. 누군가 슬쩍한 거지."

조금 떨어진 곳에서 혼자 밥을 먹던 남순의 얼굴이 어두워졌다. 마지못해 수저질을 하고는 있었지만 입맛이 없었다. 기덕의 말에 그나마 남아 있던 입맛조차 달아나는 기분이었다.

"하지만 시험지는 선생님들이 직접 한 장씩 나눠줬잖아. 시험 끝나고 다 거둬갔고."

민기의 말 대로였다. 시험지가 없어졌다면 시험을 보기 이전일 것이다. 시험지는 인쇄실에서 나오는 대로 고사계로 넘어간다. 개수가 다르다면 인쇄실에서 나오기 전 이미 한 장이 비어 있었던 거라고밖에 생각할 수 없다.

"아직 끝이 아냐. 더 대박이 있지. 이런 특종은 그냥 말해줄 수 없고……"

기덕의 포크가 종현의 돈가스로 향하자, 종현은 돈가스를 날름 입안에 넣었다. 기덕은 강주의 돈가스를 노리다가 뒤통수를 얻어맞고서야 나머지 이야기를 털어놓았다.

"쌤들이 CCTV 다 돌려봤는데 누가 걸렸는지 알아?"

"누가…… 걸렸어?"

"아, 김민기, 이런 반전 좀 아는 놈. 그래, 아무도 안 걸렸다. CCTV는 오 분가량 사망하셨다 부활하셨고, 뉘신지 몰라도 엄청 용의주도한 분인 거지."

남순은 숟가락을 놓았다. 더 이상 밥이 넘어갈 것 같지 않았다. 거의 손도 대지 않은 음식을 잔반통에 부어버린 뒤 급식실을 나왔다.

정호에게 수학시험지를 훔쳐오라는 협박을 박았을 때 남순은 딜레마의 명제를 떠올렸다. 총을 쏘면 살인자가 된다, 총을 쏘지 않으면 친구가 죽는다. 나쁜 짓을 하면 누구도 다치지 않는다, 나쁜 짓을 하지 않으면 홍수가 다친다. 남순은 이 딜레마를 어떻게 해결해야 할지 알 수 없었다. 딜레마 상황에 처하면 반드시 자신을 찾아와야 한다고 했던 인재. 그러나 남순이 교무실로 찾아갔을 때 인재는 없었다.

정호는 전원을 다 내릴 테니까 CCTV는 걱정하지 말라고 했다. 정호의 말이 사실이라면 들키지 않을 수 있다. 하지만 정말 걱정스러운 것은 CCTV가 아니었다. 어차피 정호는 공부에 관심이 없다. 훔쳐온 수학 시험지로 만점을 받아봐야 의심만 살 뿐이다. 사사건건 자신을 괴롭히는 엄포스를 골탕먹일 생각일 수도, 아니면 돈을 받고 유출시킬 생각일 수도 있다.

하지만 정호가 정말 원하는 것이 수학 시험지가 아니라면? 남순을 손아귀에 쥐고 제 맘대로 흔드는 것이라면? 이번에는 차단기를 내린 이경을 휴대폰으로 찍었다고 속이고 넘겼지만 다음은 또 어떤 일을 가지고 남순과 흥수를 흔들지 모를 일이었다. 수학 시험지를 훔치든 훔치지 않든, 상황을 역전시키지 않는 한 언제까지고 정호의 꼭두각시 노릇을 해야 할 것이다.

어쨌든 남순이 수학 시험지를 훔치지 않았지만 문학 시험지가 분실된 일로 CCTV를 확인한다면, 전원이 나가기 직전 남순의 동선이 잡혔을지도 모른다. 일이 복잡해진 것이다.

*

또 우리 반 아이가 아닐까.

USB 도난 사건의 여파가 가시기도 전에 문학 시험지 분실 사건이 생겼다. 동일인이라면 범인은 2반에 있는 것이다. 인재는 슬그머니 고개를 드는 의심을 떨쳐내기 위해 세차게 머리를 가로저었다.

잘못한 적이 있다는 이유만으로 아이들을 의심해서는 안 된다. 전날 밝은 얼굴로 인재를 맞이하던 아이들의 모습이 떠올랐다.

그럴 리 없다고 생각하면서도 인재는 종례시간에 아이들의 얼굴을 유심히 살폈다. 인재와 눈이 마주치자 남순은 얼른 고개를 창밖으로 돌렸다. 아무 의미 없는 행동일 수도 있는데 그조차 신경이 쓰였다. 아이들의 사소한 몸짓 하나하나에 신경을 쓰는 것이, 인재가 아이들을 의심한다는 증거인 것 같아 자책감마저 들었다.

문제가 유출되었다는 증거도 없지만 유출되지 않았다는 증거도 없다. 전기 차단기가 내려가면서 CCTV까지 꺼졌다. 단 하나의 가능성을 배제할 수 없기 때문에 재시험이 불가피했지만, 재시험을 본다는 사실만으로 학부모들이 들고 일어날 게 뻔했다. 이전 시험에서 성적이 더 잘 나온 아이의 부모라면 더더욱 그럴 것이다. 문제 한두 개로 내 자식의 내신 등급이 갈릴 수 있는 마당에 어느 학부모가 가만히 있겠는가.

인재와 세찬은 밤늦게까지 교무실에서 문제 출제에 몰두했다. 몇 시간째 모니터만 쳐다보았더니 어깨도 뻐근하고 눈도 침침했다.

"어떻게 된 게 고3 때보다 더 빡세네."

"강 선생님도 그러세요? 나만 그런 거 아닌가 보네."

인재가 뻐근해진 뒷목을 주무르자 세찬도 기지개를 켰다. 뼈마디에서 우두둑 소리가 났다. 두 사람은 바람도 쐴 겸 교무실을 나와 본관 입구에 있는 커피자판기로 갔다.

"재시험만 끝나면 잠잠해지는 거죠?"

세찬이 커피를 건네며 물었다. 커피를 받아들며 인재는 고개를 가로저었다.

"재시험 끝나면 더 난리일 걸요."

주차장에 엄대웅 선생이 서 있었다. 두 사람을 발견한 엄 선생이 세찬 쪽으로 다가왔다.

"강 선생님, 오늘 보니까 택시 타고 출근하시던데 이 차, 어제부터 여기에 쭉 있었던 거 맞습니까?"

"네, 어제 제가 좀 피곤해서 차를 두고 갔는데요."

"차에 블랙박스 있습니까?"

인재는 좋지 않은 예감이 들었다. 누군가 찍혔더라도 우리 반 아이는 아닐 것이다. 하지만 그 생각이야말로, 이미 인재가 자기 반 아이가 범인일까봐 걱정하고 있다는 뜻이었다.

인재는 엄 선생과 세찬이 블랙박스의 메모리카드를 컴퓨터에 연결하는 모습을 불안하게 지켜보았다. 엄 선생의 말에 따라 세찬은 전날 아홉 시 삼십오 분부터 삼십칠 분 사이의 화면을 재생했다. 어두운 모니터 속에 누군가 나타났다. 범인의 얼굴이 블랙박스 카메라 가까이 다가왔을 때 인재는 자기도 모르게 숨을 멈췄다.

*

엄포스는 늘 들고 다니는 기다란 지휘봉을 세워 책상을 짚은 채 홍수를 노려보았다.

"어제 그 시간에 왜 주차장 쪽에 있었던 거냐."

하지만 엄포스의 엄격하고 딱딱한 얼굴은 다른 질문을 하고 있는 것처럼 보였다. 왜 시험지를 훔쳤냐.

남순이 시험지를 훔치는지 보러 온 것은 사실이다. 남순이 인쇄소 문고리를 잡았다가 그대로 돌아서 가는 것을 확인한 뒤 건물을 나왔고, 주차장을 가로질러 학교를 빠져나왔다. 그뿐이다. 아무 일도 없었던 것이다.

홍수는 아무 일도 없었다는 것을 설명해야 하는 이 상황이 짜증났다. 아무 일도 없었다는 것을 설명하기 위해 무슨 일이 있었는지 시시콜콜 털어놓을 수도 있지만 그러고 싶지 않았다. 왜 정호가 남순을 협박하는지, 왜 남순이 홍수를 보호하기 위해 애를 쓰는지, 그런 것을 엄포스에게 말하고 싶지 않았다. 무엇보다 남순이 시험지를 훔치려 했다는 것을 고자질하고 싶지 않았다. 의리도 우정도 아니었다. 그냥 이 모든 게 귀찮고 피곤했다.

"조용히 있다가 졸업하겠다고 마음은 먹었는데, 잘 안 되지? 한 번 사고 친 놈은 계속 칠 수밖에 없다. 그런 걸 습관이라고 하는 거다."

"한 번 의심한 학생을 계속 의심하는 것도 습관이라고 하죠."

엄포스의 얼굴이 일그러졌지만 홍수는 담담했다. 어차피 선생들은 개과천선이라는 말 따위 믿지 않는다. 자신을 믿지 않는 사람에게는 아무것도 설명할 필요가 없었다. 그때 상담실 문이 열리고 누군가 홍수 옆에 다가와 섰다. 남순이었다.

"박홍수 아닙니다. 접니다."

홍수는 어이가 없었다. 고맙기보다는 황당해서 헛웃음이 나왔다. 남순의 뒤쪽, 열린 문틈으로 인재와 세찬이 보였다. "대박!" 아이들이 소리를 지르며 뛰어가고 있었다. 엄포스는 홍수에게 나가라는 눈짓을 해보였다. 상담실을 나가기 전 남순을 힐끗 보았지만 남순은 결연한 얼굴로 엄포스를 바라볼 뿐, 홍수와 눈을 마주치지 않았다.

*

세찬은 남순이 교무실로 인재를 찾아왔던 게 떠올랐다. 마침 인재는 병원에 가느라 일찍 퇴근하고 자리에 없던 참이었다. 남순은 영 내키지 않는 표정으로 망설이다 입을 열었다.

"가만히 있으면 누군가 다치고요, 나쁜 짓을 하면 아무도 안 다칠 경우에요……"

딜레마였다. 인재가 내준 숙제를 자신한테 묻는다고 생각해서 제대로 대답해주지 않았는데. 어쩌면 남순은 혼자서는 해결할 수 없는 딜레마에 처했던 것인지 모른다. 누군가를 다치지 않게 하기 위해 어쩔 수 없이 시험지를 훔쳐야 했던 것일지도.

엄대웅 선생은 남순이 자신은 시험지를 훔치지 않았다고 말했다고 했다. 그 시간에 학교에 있었던 것도 사실이고 시험지를 훔치려 했던 것도 사실이지만, 갑자기 마음이 바뀌어서 훔치지 않았다는 것이다. 그 말을 곧이곧대로 믿을 수는 없지만, 세찬은 어쩐지 남순의 말이 진짜일 것 같았다.

공부도 못하고 묘하게 신경을 건드리는 놈이지만, 거짓말을 할 것 같지는 않은 녀석이다. 거짓말을 하려고 마음먹었다면 이미 범인으로 몰린 박홍수를 대신해서 자신이 훔치려 했던 일을 실토할 필요도 없었다. 무엇보다 딜레마에 관해 묻던 남순의 어두운 얼굴이 마음에 걸렸다.

엄대웅 선생은 증거가 없는 한 학교에서는 범인을 잡을 수 없으니 경찰에 넘기자고 했다. 어쩐 일인지 인재는 남순을 두둔하지도, 덮어달라고 부탁하지도 않았다. 무표정한 얼굴로 학교의 결정에 따르겠다고 말하는 인재가 딴 사람처럼 낯설어 보였다. 세찬은 경찰을 부르는 일을 하루만 미루어달라고 부탁했다. 어쩌면 알아볼 방법이 있을지도 몰랐다.

교장실을 나온 세찬은 본관을 나가는 인재를 뒤따라갔다.

"어쩐 일이세요? 애들 덮어주는 데 목숨 거신 분이. 괘씸하긴 해도 뭐라도 해봐야 하는 거 아닌가? 경찰서 들락거리게 하는 건 좀 그럴 텐데……"

"아뇨. 들락거리면서 혼 좀 나봐야 해요. 어차피 자기가 한 짓 아니면 별일 없겠죠."

"무슨 사정이 있었을 겁니다."

교무실로 찾아왔던 남순을 떠올리며 말했지만 인재는 냉정했다.

"무슨 사정이요? 대체 무슨 사정이 있어야지 시험지 훔칠 생각을 해요?"

　인재도 남순을 범인이라고 생각하지는 않을 것이다. 시험지를 훔치지 않았다는 남순의 말을 믿으면서도, 시험지를 훔치려 했던 그 마음을 용서할 수 없는 것이다. 인재의 실망한 얼굴 위로 딜레마에 관해 묻던 남순의 막막한 얼굴이 겹쳐졌다.

　"우리들 눈에는 별 것 아닌 것처럼 보여도 애들 입장에서는 하늘이 무너지는 것 같은 상황이 있는 겁니다……"

　다음날 아침, 세찬은 교장에게 자신이 알아온 사실을 보고했다. 전날 밤늦게까지 학원가를 돌아다니며 안면이 있는 학원 원장들을 찾아다녔다. 세찬의 생각대로 학교 시험지를 공급받던 학원 원장이 있었다. 시험지를 빼돌린 사람은 승리고에서 자퇴한 학생이었다. 그는 다른 학교에서 시험지를 훔치다 현장에서 체포된 상태였고, 학원 원장 역시 경찰에 잡혀간 상태였다.

　재학생이 아니라는 데 교장은 다행스러워하는 눈치였지만 뒷맛이 개운치 않은 사건이었다. 어쨌든 범인은 승리고에 다니던 아이였다. 학교를 나간 뒤 범죄자가 된 것이다.

　"어떻게 확신했어요? 남순이가 아니라는 거."

　교무실로 돌아오자 인재가 물었다. 안도와 씁쓸함이 교차하는 얼굴이었다.

　"찾아왔었거든요. 나쁜 짓을 해야 누군가 안 다친다면…… 뭐 이런 질문을 들고."

"그래서 뭐라고 대답해주셨어요?"

"정 쌤이 내준 숙제를 왜 나한테 묻냐고 했죠."

인재가 피식 웃더니 이내 안타까운 표정으로 말했다.

"그 문제를 들고 저 문틀을 넘기까지, 남순이는 얼마나 힘들었을까요."

세찬은 인재가 쳐다보고 있는 교무실 문턱으로 시선을 돌렸다. 그랬을 것이다. 아이들은 자기 고민을 선생들한테 털어놓지 않는다. 선생들을 좋아하지도, 신뢰하지도 않는다. 남순도 몇 번이나 망설였을 것이다. 몇 번이나 멈칫거렸을 것이다. 세찬은 수업 자료를 챙겨 교무실을 나서다 말고 문틀을 물끄러미 쳐다보았다.

세찬이 교실 앞에 다다르자 복도 끝에 서 있던 남순이 쭈뼛거리며 다가왔다. 남순은 차마 입이 떨어지지 않는 듯 뒷머리를 긁적거리더니 기어들어가는 목소리로 말했다.

"……고맙습니다."

세찬은 교실로 들어가는 남순을 바라보았다. 저 녀석한테 고맙다는 소리를 들을 날이 있을 줄이야.

학원가를 돌아다니며 동분서주한 일은 세찬이 생각해도 자기답지 않은 행동이었다. 그렇게까지 애쓰지 않아도 괜찮았는지 모른다. 인재의 말처럼 남순이 범인이 아니라면 경찰에서 다 밝혀졌을 것이고 어떻게든 진실은 드러났을 테니까. 하지만 경찰서를 들락거리는 동안 남순의 마음은 만신창이가 되었을 것이다. 내가 저 녀석을 걱정했던 걸까.

 학원 강사일 때는 그런 걱정을 할 필요가 없었다. 선생과 학생은 정확하게 기브 앤 테이크의 관계였다. 주는 만큼 받고, 받는 만큼 주면 되었다. 학교에서도 그렇게 지낼 수 있을 거라고 생각했다. 아이들과 자기 사이에 보이지 않는 선을 그어놓으면, 세찬이 그 선 밖으로 나가지만 않으면, 아이들도 선 안으로 들어오지 않을 거라고.

 그러나 아이들은 시시때때로 그 선을 넘어왔다. 허락하지 않아도 자기들의 마음을 함부로 열어 보였다. 학원은 공부만 하는 곳이지만 학교는 아이들이 일상을 보내는 곳이었다. 울고, 웃고, 싸우고, 부딪치고, 흔들리고, 아파하고, 화해하고, 용서하는 곳이었다. 그 분위기에 전염되어 세찬도 아이들에게 한걸음 다가가 버린 것인지 몰랐다. 자신과 아이들을 가로막고 있던 선이 희미해지는 것을 느끼는 순간, 갑자기 세찬은 두려워졌다. 강사가 아닌 교사라는 단어가 주는 육중한 무게가 버거웠다.

*

 집중해야 했다. 하경은 잔뜩 신경을 곤두세우고 눈으로 빠르게 시험지 지문 속 글자를 훑었다. 머릿속으로 들어온 명사와 형용사와 조사들이 제각각 흩어지며 문장의 의미를 모호하게 만들었다. 다시 한 번 문장을 읽었다. '회화나 조각과 같은 공간 예술과 달리

시간 예술인 음악에서는 시간이 흐르면서……' 하경은 같은 문장을 세 번째 읽고 있다는 것조차 깨닫지 못했다.

85점. 그런 점수는 처음이다. 수행평가 점수가 엉망이었으니 시험이라도 잘 쳐야 했는데 완전히 망쳐버린 것이다. 다들 재시험을 본다고 투덜거렸지만 이전의 문학 시험에서 형편없는 점수를 받은 하경으로서는 다행스러운 일이었다. 이번에 만회하면 된다.

속이 울렁거리고 욕지기가 올라왔다. 덥지도 않은데 이마에 땀이 송글송글 맺혔다. 이마를 짚으며 오른쪽 관자놀이를 지그시 눌렀다. 다시 편두통이 시작될 모양이었다. 머리가 아파서 속이 울렁거리는 건지, 속이 울렁거려서 머리가 아픈 건지. 컨디션이 좋지 않다는 것이 마음을 더욱 초조하게 만들었다. 어떻게든 문제를 다 풀어야 한다. 아, 지문은 왜 이렇게 길지?

어쩌면 붕붕주스와 두통약을 함께 먹은 게 잘못인지 모른다. 만성 편두통을 달고 사는 하경은 거의 매일 두통약을 먹었다. 하지만 붕붕주스 같은 것은 먹어본 적 없다. 검증되지 않은 음료를 물처럼 마시는 기덕이 바보 같아 보였다. 그래서 기덕이 붕붕주스 제조법을 떠벌릴 때만 해도 귀담아듣지 않았다.

하지만 계속된 수면부족은 의지만으로 이길 수 있는 것이 아니었다. 전날 밤을 새다시피 한 탓에 오늘 아침에는 머릿속에 부연 안개가 낀 것처럼 정신이 흐리멍덩했다. 시험 시간에 졸면 큰일이다 싶어, 다급한 마음에 붕붕주스와 두통약을 함께 먹었다. 역시 그게 문제였을까.

하경은 책상에 엎드리다시피 한 자세로 마지막 마킹을 마쳤다. 한 번 더 훑어볼 새도 없이 종이 울렸다. 강주가 다가와 하경의 목을 조르는 시늉을 했다.

"잘 봤냐?"

"그냥, 뭐……"

하경은 가방을 챙겼다. 손끝마저 살짝 떨리고 있었다. 빨리 집에 가야지. 집에 가면…… 앞문이 열리더니 세찬이 고개를 쑥 내밀었다.

"시험 끝났다고 떼 지어서 놀러 다니지 말고 집에 가서 한 글자라도 더 읽어라. 고2 중간고사 끝나면 이제부터 고3인 거 알지?"

세찬의 잔소리에 아이들이 우우 야유를 했다. 세찬의 목소리도, 아이들의 목소리도 멀게만 들렸다. 책상을 짚고 겨우 자리에서 일어났다. 책가방을 메고 문을 향해 걷는데 발이 허공에 둥둥 뜨는 것 같았다. 집까지만…… 집까지만 가면…… 발목이 휘청거리더니 누군가 눈을 가린 것처럼 앞이 캄캄해졌다. 하경아, 하경아…… 강주의 목소리가 가물가물하게 들려왔다. 하경은 그대로 정신을 잃었다.

*

인재는 병원 응급실로 뛰어 들어갔다. 병실 안에서 서성거리는 아이들을 비집고 침대로 다가갔다. 하경은 눈을 감은 채 미동도 없이 누워 있었다.

"괜찮은 거니?"

"지금은 괜찮아요. 자는 거래요."

걱정스러운 얼굴로 침대 옆에 바짝 붙어 있던 강주가 대답했다. 인재가 오자 안심이 되었는지 아이들이 한마디씩 떠들어댔다. "세찬 쌤 완전 실망이에요." "그냥 보고만 계셨어요. 남순이가 업고 뛰었어요." "여기까지 따라오지도 않고 쌤한테 미룬 거 봐요."

"당황해서 그러셨을 거야."

말은 그렇게 했지만, 인재도 세찬의 행동이 이해가지 않았다. 하경이 쓰러질 때 바로 앞에 있었다면서 왜 아무 조치도 취하지 않았을까. 냉철한 세찬이라면 충분히 수습할 수 있었을 텐데.

하경이 눈을 스르륵 뜨더니 주변을 둘러보았다.

"괜찮니?"

인재의 말에 하경이 살짝 미소를 지어 보였다. 남순이 조용히 병실을 빠져나가는 모습이 보였다. 남순이 빨리 행동을 취해줘서 다행이다. 남순이 나간 문으로 나이가 지긋해 보이는 의사가 들어왔다.

"뭐가 문제인가요?"

"드링크제 때문에 그렇습니다. 요즘 학생들 잠 쫓는다고 온갖 드링크제를 함부로 섞어 마시는데 자칫하다가 혈관에 무리가 와 심장마비로 죽는 수도 있습니다."

인재는 걱정스럽게 하경을 바라보았다. 하경이 그렇게까지 필사

적인 줄 몰랐다. 수행평가 점수가 기대에 못 미쳐서 부담이 되었던 걸까. 하경은 인재를 바라보며 멋쩍게 웃기만 했다.

아이들을 돌려보낸 뒤 하경을 데려다주기 위해 함께 걸었다. 아직 어지럼증이 남아 있는지 하경이 약간 휘청거렸다. 인재는 하경의 한쪽 팔을 부축하며 조심스럽게 물었다.
"부모님이 성적 걱정 많이 하시니?"
"아뇨. 저희 부모님은 공부는 알아서 하는 거라고 생각하세요."
"그런데 왜 그렇게 공부에 목을 매."
"알아서 한다는 게 알아서 잘하라는 뜻이거든요. 언니도 오빠도 알아서 서울대 갔어요. 공부에 목 맬 만하지 않아요?"
하경이 피식 웃었다. 자조적인 웃음이었다. 하경은 다른 아이들과 조금 다른 줄 알았다. 하경도 나름대로 힘들고 고민스러운 일이 있겠지만, 또래답지 않게 차분하고 침착해 보여서 잘하고 있구나, 어려운 상황에서도 평정심을 유지하고 있구나, 여겼다. 하지만 괜찮아 보였던 하경조차 괜찮은 게 아닌가 보았다.
괜찮니? 인재는 그렇게 물어보려다 말았다. 도대체 무엇이 괜찮을 수 있을까. 괜찮은 아이는 하나도 없다. 저마다 슬프고, 저마다 아프고, 저마다 흔들리면서, 안간힘을 다해 이 시기를 통과하고 있을 뿐이다. 괜찮으냐고 물으면 하경은 괜찮다고 말할 것이다. 아이가 어른에게 사실은 괜찮지 않다고, 모든 게 힘들고 막막하다고 말하는 데에는 얼마나 큰 신뢰가 필요할까.

"근데 선생님……"

하경이 걸음을 멈추었다.

"…… 저 오늘 시험 망쳤어요."

어느새 하경에 눈에는 눈물이 그렁그렁 맺혔다. 괜찮아…… 그렇게 말해주고 싶었다. 하지만 인재는 이번에도 아무 말을 할 수 없었다. 괜찮다는 말을 들어도 하경은 괜찮지 않을 테니까. 인재는 하경의 팔을 꼭 잡고 다시 걸음을 내디뎠다.

*

텅. 텅.

테니스공이 벽을 맞고 튕겨져 나오며 위압적인 소리를 냈다. 정호는 의자에 삐딱하게 앉아, 교실 벽 아무데로나 공을 던졌다 다시 받기를 반복했다. 그 소리를 제외하면 교실은 조용했다. 공이 언제 자기 쪽으로 날아들지 몰라, 아이들은 고개를 숙인 채 소리가 날 때마다 움찔거렸다. 조금 전 인재에게 불려나간 정호는 교실로 돌아오자마자 공만 던지고 있었다. 심기에 거슬리는 일이 있는데 그걸 어떻게 터뜨릴지 골몰하는 중인지도 몰랐다.

"오정호, 그만해."

정호가 영우 쪽 벽을 겨냥해 공을 던지기 시작하자, 참다 못한 민기가 주의를 주었다. 텅. 텅. 방향을 바꾼 공은 민기를 아슬아슬하게 비껴나가 벽을 맞고 튕겨 나왔다. 다시 한 번 정호가 민기 쪽으로 공을 던지려 할 때, 누군가 정호의 손에 들려 있던 공을 낚아챘다.

아이들은 숨을 죽이고 홍수와 정호를 번갈아 보았다. 홍수는 열려 있는 창문으로 공을 던진 뒤 자리에 앉았다. 정호는 홍수의 뒤통수를 노려보면서 이경에게 말을 걸었다.

"야, 이경아, 고남순이 시험지 훔치려고 했던 거 말이야, 그걸 나 때문이라고 담탱이한테 찔렀단다. 시험지, 나 때문이었냐?"

"아니지, 박홍수 때문이었지. 박, 홍, 수."

갑자기 아이들이 웅성대기 시작했다. "형님이 시킨 거였어?" 그런 말도 들려왔다. 남순은 인상을 쓰며 정호를 돌아보았다. 정호는 남순의 눈길을 피하지 않은 채 아이들이 다 들을 수 있게 큰 소리로 말했다.

"고 회장, 네가 대답해봐. 그거 박홍수 때문에 한 짓 아니었어?"

남순은 대답하지 못했다. 정호의 말은 맞기도 하고 틀리기도 했다. 하지만 그것을 아이들 앞에서 설명할 수 없었다. 정호는 이제 누구에게랄 것도 없이 큰 소리로 떠들고 있었다.

"너랑 박홍수 둘이 같은 반이었잖아, 중학교 동창."

"동창이면 뭐야? 친구야? 남순이도 형님이었어?"

기덕과 종현이 흥분해서 그렇게 묻자, 정호는 남순을 바라보며 히죽 웃었다. 홍수가 자리에서 일어나더니 교실을 나갔다. 남순은 홍수를 따라 나가야 할지 그대로 앉아 있어야 할지조차 판단할 수 없었다.

"진짜야, 고남순?"

기덕의 말에 남순은 마지못해 고개를 끄덕였다.

"응."

복도에 서 있는 홍수의 모습이 보였다. 남순을 기다리고 있는 건지도 몰랐다. 남순이 교실을 나가자 홍수는 턱짓으로 복도 끝에 있는 옥상 문을 가리켰다. 남순은 홍수를 따라 옥상으로 갔다.

"오정호가 시험지 훔쳐오라면서 뭘 걸디?"

남순이 대답이 없자 홍수는 다시 한 번 물었다.

"쉽게 물어봐줘? 나 때문에 뭘 한 거냐고?"

"너 때문에 한 거 아냐. 나 때문에 한 거야."

남순이 홍수를 위해 하는 것처럼 보이는 모든 행동은, 사실 홍수 때문에 하는 것이 아니었다. 그렇게 해야 남순의 마음이 편하기 때문이었다.

나는 여전히 이기적이다. 남순은 생각했다. 예전에는 스스로 편하자고 도망쳤고, 지금은 스스로 편하자고 홍수에게 뭔가를 해주려 한다. 홍수에게 뭔가를 해줄 때마다 미안했던 것은, 그것이 홍수를 위한 것이 아니라 남순 자신을 위한 것이라는 사실을 인식하고 있었기 때문이었다.

"그렇게 내가 무섭냐?"

남순은 자기 앞에 우뚝 서 있는 홍수를 바라보았다. 무서웠다.

무표정한 눈빛으로 남순을 쳐다보는 홍수가 견딜 수 없이 무서웠다. 홍수가 화를 낸다면, 모든 게 너 때문이라고 책망한다면, 미안하기는 했겠지만 무서워하지는 않았을 것이다. 남순의 잘못으로 상처를 입고도 무표정한 눈빛으로 남순을 바라볼 수 있는 홍수는, 세상에서 제일 무서운 존재였다.
 "그래, 무섭다. 세상에서 네가 제일 무섭다, 새꺄. 그래서 나 너 쌩 까지도 못한다. 쌩 까려고 했는데, 그러려고 했는데……"
 홍수는 남순의 말을 다 듣지도 않고 옥상을 나가버렸다. 계단을 내려가는 홍수는 더 이상 무표정하지 않았다. 남순 때문에 흔들리지 말자고 생각했는데, 없는 사람처럼 무시하고 살자고 생각했는데, 자꾸 남순 때문에 착잡해졌다.
 홍수가 원한 건 이런 것이 아니었다. 예전처럼 지내기를 바라지는 않아도, 홍수가 남순을 투명인간 취급하면 남순도 홍수를 그렇게 여겨주기 바랐다. 남순이 미안해하기를 바란 적 있다. 죄책감에 시달리며 평생 괴로워하기를 바란 적도 있다. 하지만 한 번도 무서워하기를 바란 적은 없다. 한 사람이 다른 사람을 무서워한다는 것은 그들이 더 이상 친구가 아니라는 것, 친구는커녕 그 비슷한 것도 될 수 없다는 뜻이다. 우리는 왜 이렇게 헝클어져버렸을까.

*

재시험이 끝나면 더 난리일 거라던 인재의 말이 떠올랐다. 이제야 그 말이 무슨 뜻인지 알 것 같았다. 세찬이 조례를 마친 후 교무실로 돌아와 무심히 창밖을 바라보는데, 한 무리의 학부모들이 비장한 얼굴로 운동장을 가로질러오고 있었다. 어림잡아도 열댓 명은 되어 보였다. 선두에 선 사람은 민기 엄마였다. 부리나케 임시회의가 소집되었다.

세찬이 회의장에 들어섰을 때, 학부모들은 두 편으로 나뉘어 앉아 있었다. 세찬과 인재 옆으로 교장과 교감, 엄대웅 선생과 조봉수 선생 등이 나란히 앉았다. 사회를 맡은 엄대웅 선생이 기탄없이 의견을 이야기해달라고 말하자마자, 학부모 한 사람이 손을 들었다.

"재시험 보면서 우리 애 성적이 4점이나 내려갔습니다. 제대로 된 시험이라면 처음이랑 비슷하게 나와야 하는 거 아닙니까?"

그러자 반대편에 앉아 있던 학부모가 언짢은 기색을 드러냈다.

"성적관리위원회에서 공정하게 재시험으로 결정이 난 일인데 왜 갑자기 생떼들이죠?"

"생떼라뇨?"

"이렇게 떼로 몰려와서 뜬금없이 문제제기하는 게 생떼 아닌가요?"

학부모들은 재시험으로 손해를 본 쪽과 이득을 본 쪽으로 나뉜 듯했다. 양쪽에서 옥신각신 말다툼이 벌어지자 차분한 얼굴로 경청하던 민기 엄마가 나섰다. 먼젓번 시험에서 백 점을 맞았던 민기는 재시험에서 한 문제를 틀리면서 2점이 내려갔지만, 어쩐 일인지 민기 엄마는 여유로운 표정에 미소마저 머금고 있었다.

"여기 계신 분들이 애들 성적 1,2점 떨어진 것 같고 이러는 거겠습니까. 성적이야 오를 때도 있고 내릴 때도 있는 거죠."

선생들은 일제히 민기 엄마를 쳐다보았다. 다들 말은 안 하지만 불안한 기색이었다. 민기 엄마는 좌중을 둘러보며 의기양양하게 다음 말을 이었다.

"다만 전 이번 재시험에 심각한 오류가 있는 걸 발견하고 성적관리위원회에 참여했던 사람으로서 공식적인 문제제기를 하려고 합니다. 제가 재시험이 결정 됐을 때 분명히 말씀드렸죠? 난이도나 변별력에 차이가 없어야 한다고."

민기 엄마는 핸드백에서 종이 두 장을 꺼내 사람들이 잘 볼 수 있도록 높이 들었다. 하나는 첫 번째 시험의 이원목적분류표였고, 다른 하나는 재시험의 이원목적분류표였다.

"보시다시피 서른한 개 문제 중 원래 시험은 난이도 상(上)이 아홉 개, 재시험도 아홉 개가 체크되어 있죠?"

"그런데 그게 무슨 문제라는 거죠?"

맞은편에 있던 학부모가 묻자, 민기 엄마가 날카로운 목소리로 일갈했다.

"이러니까 이 학교 학부모님들이 애 교육에 관심 없다는 소리를 듣는 겁니다! 제가 이 문제와 분류표를 잘 아는 명문대 국어 교수님과 일타 강사님께 보여드렸습니다. 그랬더니 두 분이 똑같은 말씀을 하시더군요. 재시험 문제 중 난이도 중(中)으로 분류된 두 문제가 원래는 상에 해당하는 문제라고요."

세찬은 얼굴을 찌푸렸다. 나 말고 일타 강사가 또 있었나? 명문대 국어과 교수와 누구인지 알 수 없는 일등 스타 강사가 뭐라고 했든, 문제의 난이도는 차이가 없다. 하지만 이곳에서 당장 증명하기도 어려운 사안이다.

누군가 역시 민기 엄마는 다르다고 추켜세우자, 화제는 예일대 경영학과에 진학한 민기의 형 현기의 이야기로 옮겨갔다. 현기야말로 승리고 개교 이래 최고의 수재라느니, 현기가 예일대에 간 것은 전적으로 엄마의 공이라느니. 민기 엄마는 자부심과 겸손함이 뒤섞인 표정으로 사람들의 칭찬을 가만히 듣더니 교장을 바라보며 말했다.

"교장 선생님이 부임하실 때, 얼마나 기대가 컸는지 모릅니다. 강남에서 우수한 실적을 올리신 분이니 강북에서는 훨훨 날겠구나. 게다가 무관용 원칙을 내세우시던 그 기백, 정말 보기 좋았습니다. 그런데 전 요즘 불안해서 잠을 잘 수가 없습니다. 우리 민기 반에 일진인가 뭔가 하는 정호라는 애가 패거리지어 있는 것도 거슬리는데, 이번엔 진짜 깡패가 전학을 왔다고 하더군요."

"아니에요. 어머님이 잘못 알고 계세요. 별 말썽도 안 부리고 착한 아이입니다."

인재가 얼른 나섰지만 세찬이 보기에 학부모들은 이미 민기 엄마를 중심으로 단합한 상태였다. 지지파와 반대파가 모두 민기 엄마 쪽으로 돌아서자, 그녀는 더욱 기세등등해져 목소리를 높였다.

"쉬쉬하지 마세요. 일진이랑 조폭이 한 반에 있다니 이게 학교입니까, 깡패 집단입니까? 선생님들은 정말 모르셨습니까? 박흥수라는 그 아이가 조폭인 거?"

화제가 학교폭력 문제로 튀자 인재는 어쩔 줄 몰라 하는 얼굴이었다. 하지만 세찬은 회의 내내 강 건너 불구경하듯 무심히 지켜보고 있었다. 이 모든 게 한 편의 블랙코미디 같다는 생각을 지울 수가 없었다. 학교나 학원이나 요즘은 엄마들이 갑이다. 호령하듯 떠들어대는 민기 엄마나, 그녀의 말 한마디에 좌지우지되는 다른 엄마들이나, 너무 뻔해서 관심조차 생기지 않는 상황이다. 다만 흥수가 이야기의 중심이 되자, 또 피곤한 일이 생길 거라는 예감에 짜증이 치밀었다.

학부모들은 민기 엄마를 필두로 우르르 2반 교실로 몰려갔다. 민기 엄마가 모퉁이를 돌자, 뒷문 앞에서 민기가 흥수에게 교과서를 내밀고 있는 모습이 보였다. 남순이 준 것이었다. 흥수가 내팽개친 교과서를 민기가 주워준 것이다.

"저리 치워."

흥수는 민기의 팔을 밀쳤다. 민기가 비틀거리는 순간 민기 엄마는 날듯이 뛰어 민기에게 다가갔다.

"너 맞지? 조폭 출신이라는 애가!"

민기 엄마가 민기를 부둥켜안고 악을 쓰자, 흥수는 어처구니없다는 듯 민기 엄마를 보고는 교실 안으로 들어갔다.

"다들 보셨죠? 보셨잖아요! 이래도 깡패가 아니라고요? 저를 극성 학부모 취급하시던데 어디 선생님이 직접 말씀해보시죠!"

세찬은, 표독스러운 얼굴로 인재를 몰아세우는 민기 엄마의 얼굴을 바라보지 않았다. 그의 시선이 향해 있는 곳은 엄마 옆에서 고개를 숙이고 있는 민기였다. 새빨개진 얼굴로 바닥을 응시하고 있는 아이, 부끄러움과 당황스러움을 어쩌지 못해 우두커니 발치만 내려다보고 있는 아이. 세찬이 목격한 그 얼굴이야말로 완벽한 모범생 민기의 민낯인 것 같았다.

세상은 보이는 곳보다
보이지 않는 곳이 훨씬 크다

"우리가 목숨 내놓고 널 지킨 거, 잊으면 안 된다."

남순의 어깨를 감싸안으며 기덕은 짐짓 비장한 목소리로 말했다. 남순은 영문을 몰라 멀뚱히 기덕을 바라보았다. 조회가 끝난 뒤 학교폭력 실태에 관한 설문조사가 있었다. 경험한 것도 좋고, 들은 것도 좋고, 예전에 겪은 일도 상관없다고 했다.

남순은 아무것도 기입하지 않았다. 의례적인 조사다. 그런 설문조사에 진지하게 응하는 아이는 없다. 지난 학기에도 똑같은 설문조사가 있었다. 한 아이가 정호의 이름을 썼고 정호는 끝내 그 아이를 찾아냈다. 전학을 가버린 그 아이의 이름이 뭔지, 아이들은 모두 잊었다. 그런 것이다.

"송하경, 잠깐 나와라."

엄포스가 하경을 불러내자 아이들이 홍수를 힐끔거렸다. 어쩐지 불안했다. 기덕의 말이 무슨 뜻인지 생각해보았다. 그러고 보니 전날 민기 엄마가 한바탕하고 돌아간 뒤 학교폭력 실태 조사를 하는 것도 수상쩍었다. 하지만 별일 없을 것이다. 남순도, 홍수도, 잘못한 일이 없으니까. 하경이 돌아온 뒤 차례대로 아이들이 불려갔다. 남순은 거의 마지막 순서였다.

"박홍수한테 빵 사다줬냐?"

엄포스의 질문을 받는 순간, 남순은 기덕의 말이 무슨 뜻인지 알아차렸다. 이게 아니다. 아이들이 잘못 생각하고 있다.

"……네."

"급식도 대신 받아다주고 가방도 들어줬냐?"

홍수는 그런 일을 시킨 적 없다. 모두 남순이 자청해서 한 일이다.

"……네."

"왜 그랬냐?"

가슴이 갑갑했다. 다들 홍수를 오해하고 있다.

"그냥, 잘해주고 싶었어요."

"왜 잘해주고 싶었는데?"

홍수가 싫어하겠지만 어쩔 수 없다. 말하지 않으면 홍수가 다친다.

"……친구였어요, 예전엔."

남순은 차마 못할 말을 한 사람처럼 고개를 떨어뜨렸다.

남순이 교실로 돌아오자 마지막으로 홍수가 상담실로 갔다. 홍수가 나가자마자 아이들이 우르르 남순에게 몰려들었다. 걱정, 안

쓰러움, 호기심, 뿌듯함, 결연함…… 그 모든 게 뒤섞인 표정을 짓고 있는 아이들이 짜증스러웠다. 누구에게도 걱정해달라고 부탁한 적 없다. 안쓰러워해달라고 한 적도 없다. 호기심을 관심으로 포장하는 것도, 시키지도 않은 짓을 해놓고 뿌듯해하는 것도, 제대로 알지도 못하면서 괜한 정의감에 애꿎은 사람을 가해자로 만들고 결연한 척하는 것도, 모두 마음에 들지 않았다.

"쫄지 마. 나중에 박흥수가 자기 이름 왜 썼냐고 따지면 이 누나가 다 해결해줄게."

강주가 호기롭게 말했지만 그럴수록 남순은 더욱 화가 치밀었다.

"신경들 좀 꺼! 알지도 못하면서 왜 간섭인데?"

남순은 벌떡 일어나 교실을 나왔다. 엄포스는 남순의 말을 믿지 않을 것이다. 해주고 싶어서 해줬다는 말 같은 건, 보복을 두려워한 피해자가 으레 하는 소리라고 여길 것이다. 남순은 초조하게 상담실 쪽을 바라보았다. 아이들은 한 명씩 불려갔었다. 함께 진술하는 사람이 없었으므로 이야기는 더욱 부풀려졌을지 모른다. 그 대답 중 무언가가 흥수를 불리하게 만든 건 아닐까. 빼도 박도 못하게 가해자로 찍힌 건 아닐까.

분주하게 복도를 뛰어다니는 아이들 틈에서 흥수가 나타났다. 잔뜩 화가 난 표정이었다. 흥수는 곧장 남순에게 다가왔다.

"이젠 피해자까지 하시겠다? 원하시는 대로 해드려야지."

흥수가 남순의 멱살을 잡더니 벽으로 확 밀쳤다. 남순의 등이 벽에 맞닿으며 쿵 소리가 나는 순간, 복도를 오가던 아이들이 걸음을 멈췄다. 교실에 있던 아이들이 창문으로 복도를 내다보고 있었다. 눈이 너무 많다. 남순이 주위의 시선을 의식하며 홍수의 손을 뿌리치려 할수록, 홍수는 멱살을 잡은 손에 더욱 힘을 주었다. 구경꾼들이 몰려들고 있었다. 강주가 교무실로 뛰어가고 있었다. 이대로라면 홍수가 위험하다. 꼼짝없이 가해자가 되고 말 것이다.

"그만해."

남순이 목소리를 낮춰 말했지만 홍수는 전혀 그만둘 기세가 아니었다.

"그럼 네가 나 한 대 쳐봐. 너한테 맞으면 그만둘게."

"이러다 너 진짜 잘려."

"바라던 바네. 이참에 시원하게 잘리지 뭐."

홍수의 주먹이 얼굴로 날아들었다. 정신없는 와중에도 여자아이들의 비명소리가, 남자아이들의 환호소리가 들렸다. 남순은 다시 날아오는 홍수의 주먹을 부여잡고 애원하듯 말했다.

"홍수야, 제발……"

홍수가 다시 남순에게 달려들려는 찰나, 복도 끝에서 엄포스와 인재가 달려왔다.

"박홍수, 당장 안 멈춰!"

엄포스가 고함을 지르고 인재가 홍수의 팔을 붙잡았다. 홍수는 솟구치는 감정을 억누르지 못하고 인재의 손을 뿌리쳤다. 순간 인재가 비명을 지르며 나뒹굴었다. 홍수가 놀라서 잠시 멈칫한 사이, 뒤늦게 따라온 세찬이 흥분한 홍수를 뒤에서 결박하듯 껴안

앉다. 선생들에게 붙잡힌 채 고함을 지르고 몸부림치면서도 홍수는 무서운 얼굴로 남순을 노려보고 있었다.

남순은 차마 홍수의 독기 서린 시선을 바로보지 못하고 고개를 숙였다. 홍수가 억울하다는 건 알고 있다. 졸지에 피해자가 되어버린 남순에게 화가 나는 것도 그럴 만했다. 그렇다고 졸업하겠다는 결심과 의지를 한방에 날려버리다니. 왜 홍수는 나 같은 것 때문에 모든 걸 한순간에 포기해버리려는 걸까. 왜 또다시…… 예전처럼, 남순은 홍수의 발목을 잡고 있었다. 앞길을 가로막고, 인생을 망치고 있었다.

*

홍수는 표정 없이 책상 위에 놓인 진술서와 펜을 바라보았다. 책상 건너편에, 남순이 앉아 있었다. 흥분은 가라앉았지만 화는 풀리지 않았다. 남순은 오히려 홍수가 원망스럽다는 얼굴이었다.

"이럴 것까지 없었잖아…… 이 학교에서 졸업한다면서?"

"그러려고 했지. 네가 나대지만 않았으면."

아이들이 남순을 지키네 뭐네 떠들어댈 때만 해도 몰랐다. 누구로부터 남순을 지키겠다는 건지. 그 누군가가 홍수 자신이라는 것을 알았을 때 홍수의 머릿속에 가장 먼저 떠오른 것은 남순을 지키려고 노력했던 예전의 자기 모습이었다. 일짱 시절 남순은 누군가가 지켜줄 필요가 없을 만큼 강했다. 남순은 강했지만 위험했다. 남순을 위험에 빠뜨리는 건 다른 누구도 아닌 남순 자신이었다. 그래서 홍수가 있어야 했다. 가끔은 홍수가 남순을 가라앉혀야 했다. 돌이킬 수 없는 짓을 저지르지 않도록 억눌러야 했다. 남순으로부터 남순을 지키는 일, 다른 누구도 아닌 홍수만이 할 수 있는 일. 그런데 이제 아이들은 홍수로부터 남순을 지키려 하고 있었다.

엄포스는 남순과 친구냐고 물었다. 아니라고 대답했다. 엄포스는 그럴 줄 알았다는 표정으로 이제부터 남순 근처에는 얼씬도 하지 말라고 엄포를 놓았다. 그 말에는 입술만 깨물었다.

예전에는 남순 옆에 언제나 홍수가 있었다. 누구도 두 사람을 떼어놓으려 하지 않았고, 설령 그랬다면 남순이 가만있지 않았을 것이다. 그런데 이제 홍수는 남순 옆에 가까이 가서도 안 되는 사람이다. 남순에게 위험하고, 남순에게 피해를 입히는 존재다.

왜 그렇게까지 했느냐고 남순은 묻지만, 단순한 이유다. 너무나도 기막힌 그 사실 앞에 이성을 잃었다. 서럽고 속상하고 어이없었다. 그 모든 감정이 뭉쳐지며 폭발했다. 누나의 눈물도, 졸업하겠다는 결심도 잊을 만큼.

"박홍수, 내가 잘못했다. 그러니까……"

코웃음이 났다. 남순이 어떤 사람인가. 죽으면 죽었지 잘못했단 말은 안 하던 놈이다. 홍수에게 가장 소중한 것을 빼앗아가고도 그 말을 못해서 도망친 놈이다.

"왜 이렇게 쉬워졌냐? 그딴 말 모르던 놈이. 근데 어쩌냐, 너무 늦었는데. 설마 내가 받아줄 거라고 생각하고 하는 소린 아니지?"

두 사람 앞에는 여전히 빈 진술서가 놓여 있었다. 진술서에는 아무것도 쓰이지 않을 것이다. 흥수는 눈을 감았다.

*

끝이 안 보인다······

인재가 중얼거렸다. 항상 여기가 끝이겠지, 더 이상은 안 넘어가겠지, 생각한다. 하지만 아이들은 언제나 그 선을 쉽게 넘어가버리고, 인재는 선 안에서 망연자실할 뿐이다.

"그러게 왜, 남자애들 싸움에 끼어들어요, 겁도 없이. 어디 욱신거리는 데 없어요? 파스라도 붙여야죠."

세찬이 말했지만 아픈 줄도 몰랐다. 세찬은 파스를 찾는지 서랍을 뒤적거리다가 짜증스럽게 말했다.

"그러니까 처음부터 봐주질 말았어야죠. 그 자식들 밖에서 주먹질했을 때 학교로 넘겼으면 이런 일까지 안 벌어졌을 거 아닙니까. 보호자네 뭐네 나서면 애들이 감동먹고 바뀐답니까? 요즘이 그런 세상이에요? 대체 어느 시대에서 선생질을 하고 있는 겁니까?"

"그러게요. 너무 구닥다리네요, 제가."

인재는 건조한 목소리로 대답했다. 세찬의 말처럼 그랬는지 모른다. 아이들을 감싸안으면 그 아이들이 달라질 거라고 생각했는지 모른다. 인재의 마음을 알아주기를, 인재에게 미안해하기를, 그래서 다시는 그런 짓을 하지 않기를, 기대했는지 모른다.

어떤 아이든 달라질 여지는 있다고 생각했다. 선생이 포기하지 않으면 정호든 홍수든 언젠가는 바뀔 거라고 생각했다. 그래서 한번 불량학생은 영원한 불량학생이라는 낙인 따위 믿지 않았다. 낙관과 희망만이 아이들의 손을 놓지 않게 할 수 있었다. 하지만 아이들은 인재의 마음 따위 영영 알아주지 않고, 인재에게 미안해하거나 고마워하지도 않고, 같은 행동을 되풀이할지 모른다. 그때도, 아직은 아이들의 손을 놓을 때가 아니라고 말할 수 있을까.

선생들이 교무실로 속속 모여들었다. 다들 오전에 생긴 일 때문인지 심란한 표정이었다. 교사 폭행까지 얹어서 세게 나가야 한다는 유난희 선생의 말에 인재는 고개를 저었다.

"폭행은 아니에요. 실수지."

"실수든 고의든 맞았으면 폭행인 겁니다."

세찬은 단호했다.

"안 맞았어요."

하지만 인재의 목소리에는 힘이 없었다. 적극적으로 홍수를 옹호하고 편을 들어주기엔 인재도 너무 지쳐 있었다.

"학교에서, 그것도 대낮에 주먹이 왔다 갔다 했으니 이 일을 어쩌면 좋습니까."

교감의 말에 선생들은 기다렸다는 듯 한마디씩 했다.

"어쩌긴 뭘 어째요. 확 잘라야죠."

"전 무서워죽겠어요. 애들이 어쩜 저렇게 간이 커요?"

"다른 학교로 보내는 건 어때요?"

"받아줄 학교나 있겠어요?"

교감이 담임들은 어떻게 생각하느냐고 물었지만 인재는 대답하지 못했다. 세찬이 시큰둥한 목소리로 대꾸했다.

"솔직히 별로 오래 생각하고 싶지 않습니다. 내 애를 학교에 보냈는데 저런 일이 교실에서 벌어진다, 그럼 전 안 보냅니다. 공부를 꼭 학교에서만 해야 하는 것도 아닌데 왜 보냅니까, 애 다치게."

"학교가 공부만 하는 곳은 아니죠."

인재는 겨우 그렇게 대답했다.

"그렇다고 싸우면서 크는 곳도 아니죠. 몇몇 덜 큰 애들이 무럭무럭 크시느라 그러니 나머지는 참으라고요? 착한 애들은 무슨 죄인데요?"

세찬의 말에 다시 홍수를 잘라야 한다는 쪽으로 의견이 모였다. 정이 들면 자르기 힘드니 일찌감치 자르라고, 인재에게 충고하는 선생들도 있었다. 그때까지 아무 말 없이 듣고 있던 조봉수 선생이 불쑥 물었다.

"그런데 왜 그랬답니까, 걔들은?"

그러고 보니 누구도 두 아이에게 왜 싸웠느냐고 물어본 적 없었다. 싸움 그 자체에 대해서 왈가왈부하고 징계를 어떻게 할지 설왕설래했을 뿐, 정작 싸운 이유는 궁금해하지 않았던 것이다. 침묵이 길어지자 세찬이 다시 나섰다.

"뻔한 거 아니겠습니까. 박홍수가 고남순한테 보복한 거죠."

"그런 건 좀 은밀한 데서 하는 거 아닌가?"

"선생님, 외람되지만 이미 본 걸로 충분합니다. 때렸고 맞았지 않습니까?"

조봉수 선생은 눈을 지그시 감았다가 다시 떴다. 그는 인자하면서도 강단 있는 눈빛으로 옛 제자를 바라보았다.

"우리 제자님께선 내가 옛날에 가르친 것은 다 까먹었나 보네. 세상은 보이는 곳보다 보이지 않는 곳이 훨씬 크다, 생각 안 나나?"

세찬은 머쓱해져 입을 다물었다. 인재는 조봉수 선생의 말을 곱씹어보았다. 어쩌면 진실은 보이지 않는 곳에 있을지 모른다. 우리가 목격한 것이 전부가 아닐지 모른다. 홍수는 왜 남순을 때렸을까? 그것도 모든 사람들이 보는 앞에서.

"아무튼 학폭위 엽시다. 어쩌겠습니까, 현행범인데."

교감의 말을 끝으로 교무회의가 마무리되었다. 조봉수 선생과 인재는 어두운 표정으로 서로를 마주보았다.

*

제58회 학교폭력대책자치위원회 개회

대상: 2학년 2반 박○○

본관 로비에 게시물이 붙어 있었다. 결국 이렇게 되고 말았다. 교실로 들어가는 발걸음이 무거웠다. 홍수는 벌써 와 있었다. 남순은 홍수의 얼굴을 보지 않고 자리에 앉았다. 정호 무리가 교실로 들어오더니 홍수 쪽으로 다가갔다. 이경과 지훈이 홍수 앞자리에 있던 아이들의 뒤통수를 퍽퍽 갈겼다. 아이들이 자리를 피하자 세 사람은 홍수 주변을 에워싸며 삐딱하게 앉았다.

"만나자마자 이별이라더니 아쉬워서 어쩌냐? 송별회라도 해주랴?"

"넌 그렇게 처맞고도 정신이 안 드냐?"

홍수의 반격에 정호의 인상이 구겨졌다. 지훈도 긴장한 기색이었다. 홍수는 남순을 힐끗 쳐다보았다.

"주제를 알았으면 찌그러져 있어야지, 내가 간다고 해서 이렇게 설치실 입장이 아니잖아?"

"얘 뭐래냐?"

정호는 괜히 어이없다는 표정을 지었지만, 누가 봐도 불안한 얼굴이었다. 남순은 책상에 엎드려 벽 쪽으로 얼굴을 돌렸다. 홍수의 말이 계속되었다.

"더 센 분이 떡하니 버티고 계신 거, 너도 알잖아. 그 분이 누구신지 네 입으로는 죽어도 말 못 하겠지?"

폭로할 생각일까. 남순은 긴장으로 몸이 굳었다. 하마터면 몸을 일으킬 뻔했다. 하지만 남순은 엎드린 그대로 눈을 감은 채 홍수의 다음 말을 기다렸다. 지금쯤 정호의 얼굴도 사색이 되어 있을 것이다. 홍수는 짧게 웃음을 터뜨리더니 말을 이었다.

"새끼, 누군 누구냐, 엄포스지. 문제도 열심히 풀고 완전히 깨갱이던데?"

여기저기에서 "에이", "뭐야" 하는 말소리가 들렸다. 우리 반에 숨은 강자가 있는 건 아닐까, 눈을 반짝이며 홍수의 말을 듣던 아이들로서는 김이 샜을 것이다. 긴장이 풀리며 안도한 정호의 목소리도 들려왔다.

"넌 아니고? 지금 네가 엄포스한테 잘린다는 거 파악이 안 되냐?"

"그랬지, 까먹었네."

그때만큼은 홍수도, 정호도 죽이 잘 맞았다.

남순은 눈을 떴다. 벽을 바라본 채 생각에 잠겼다.

교무실에서 엄포스는 학폭위를 소집하기 위해 여기저기 전화를 돌리고 있었다. 남순은 인재와 세찬 쪽으로 갔다. 두 사람은 남순이 온 줄 모르고 한창 이야기 중이었다.

"강 선생님이 홍수 불러서 이야기 좀 해보세요. 아무래도 남자끼리면……"

"엄 선생님 말씀 못 들었어요? 개별상담 하지 말라고 하잖아요."

"홍수 걱정도 안 되세요? 퇴학당할 수도 있는데……"

"정 선생님은 제 걱정도 안 되세요? 저 박흥수 무서워요. 어제 딱 붙어보니까 애 덩치가 그냥……"

"그럼 남순이라도……"

"고 회장 나 싫어해요. 나도 걔 별로고……"

남순이 기척을 하자, 세찬은 그제야 남순을 발견하고 머쓱해했다. 남순은 일부러 인재 쪽만 바라보며 물었다.

"박흥수 진짜 잘리는 거예요? 아님 또 강제 전학 가나요?"

"글쎄…… 그건 학폭위를 열어봐야……"

인재의 말이 끝나기도 전에 세찬이 끼어들었다.

"넌 피해자인데 왜 그걸 걱정해?"

"그게…… 그냥……"

"근데 왜 맞고 다니냐? 너 주먹 좀 쓰잖아, 지난번에 보니까……"

인재가 세찬을 툭 치며 눈치를 주었다. 어느새 전화를 끊은 엄 포스가 세 사람을 주시하고 있었다. 남순은 인재에게만 인사를 한 뒤 교무실을 나섰다. 문학시험지 도난 사건 이후 세찬에게 마음의 빚이 있었던 건 사실이다. 누명을 벗게 되어 고마웠고, 그동안 건방지게 굴었던 게 죄송했다. 조금은 남순을, 그리고 아이들을 걱정한다고 생각했다. 겉모습만으로 오해한 건지 모른다고 생각했다. 하지만 지금은, 그 오해조차 오해였을지 모른다는 생각이 들었다.

오해……

모두들 홍수를 오해하고 있다. 홍수는 학교를 잘리는 한이 있더라도 남순과의 싸움 이면에 숨겨진 진실을 말하지 않을 것이다. 진실은 보이지 않는 곳에 있다.

이제 그것을 말하는 것 말고는 홍수를 구할 길이 없었다.

문학2 시간. 칠판 앞에 선 인재는 서사에 관해 설명하고 있었다. 오늘따라 인재와 자주 눈이 마주치는 것 같았다. 어쩐지 남순도 창밖만 멍하게 바라볼 수 없어서 인재가 하는 말을 듣고 있었다.

"…… 이렇게 서사란 사건을 시간순서에 따라 설명하는 것을 말한다. 세부 내용 전개는 글쓰기에서 아주 중요한 부분이니까 다 같이 연습해볼까?"

무언가를 하자고 하면 일단 야유부터 하고 보는 아이들이었다. 인재는 책상을 가볍게 쳤다.

"자자, 간단해. 있었던 사건을 시간 순서대로 다섯 문장으로 만드는 거야. 변기덕!"

인재는 동현에게 말을 걸고 있던 기덕을 불렀다.

"지금 무슨 얘기 하고 있었어?"

"저, 그게 오늘 급식 반찬에 대해서……"

"그걸 서사에 맞춰 다섯 문장으로 만들어볼까?"

기덕은 인재의 너그러운 태도에 자신감이 생겼는지 자리에서 벌떡 일어났다.

"아줌마가 닭볶음탕을 담아주셨다. 나는 '감자 조금만 더' 했다. 아줌마는 감자를 더 담아주셨다. 동시에 고기를 가져가셨다. 눈물이 났다."

인재도 아이들도 웃음을 터뜨렸다. 기덕은 맞은 건지 틀린 건지 긴가민가하다가 인재가 "잘했어, 정말 눈물 났겠다"라고 말하자 의기양양해져 자리에 앉았다.

"누가 또 해볼까? 자기 경험담도 좋고."

남순은 홍수를 바라보고 있었다. 모든 것을 체념한 듯 홍수는 담담해 보였다. 하지만 남순은 그럴 수 없었다. 모두들 홍수를 나쁜 놈이라 생각하고 있다. 아무도 진실을 모른다. 남순은 손을 들고 자리에서 일어났다. 더는 미룰 수 없었다.

"축구선수가 꿈이었다."

시시한 이야기라고 생각했는지 아이들은 금세 딴짓에 빠져들었다. 그러나 단 한 사람, 홍수만은 아니었다. 남순은 긴장으로 뻣뻣해진 홍수의 등을 느낄 수 있었다.

"감독님은 축구를 계속하려면 일진에서 나오라고 했다."

'일진'이라는 말에 아이들의 관심이 일제히 남순에게로 집중되었다. 그러나 남순의 시선은 과거의 그때를 향하고 있었다.

"일짱은 나가려면 맞아야 한다고 했다. 그래서 맞다가 다리가 으스러졌다……"

동그랗게 말린 등이 떠올랐다. 궁지에 몰린 작은 짐승처럼 최대한 웅크린 몸과, 그 몸 위로 쏟아지던 가혹한 발, 발들이 떠올랐다. 그중 하나는 남순의 것이었다. 뛰어오르며 온몸의 체중을 발에 실었다. 등을 겨냥해 날아간 발은, 그러나 다리에 내리꽂혔다. 발바닥 아래에서 무언가 부서지는 느낌이 들었다.

"…… 일짱은 꿈을 짓밟아버린 나쁜 새끼다."

"저기, 마지막 문장은 서사가 아니라……"

인재는 당황한 얼굴로 남순의 말을 막았다. 잘은 몰라도 더 이상 들어선 안 될 것 같았다. 그것이 누구에 관한 이야기든 남순이 위태롭게 느껴졌다. 그러나 남순은 끝까지 말해야 했다.

"한 문장 더 남았는데요."

고막을 찢을 듯 울려 퍼지는 홍수의 비명 소리가 들렸다. 오른쪽 다리를 부둥켜안고 뒹굴던 홍수의 모습이 떠올랐다. 고통스럽게 몸부림치다 원망과 증오가 뒤범벅된 눈빛으로 남순을 쏘아보던 홍수. 영영 잊지 못할 것 같았지만, 그래서 더욱 수면 아래 꼭꼭 묻어두려 애썼던 기억들. 남순은 마지막 문장을 말했다.

"그 나쁜 새끼는…… 고남순이다."

홍수의 몸이 가늘게 떨리고 있었다. 홍수의 오른쪽 다리에 날카로운 통증이 되살아났다. 남순이 떠올린 기억을 홍수도 떠올리고 있었다. 남순은 일진을 나가려는 홍수가 서운했을 것이다. 혼자 더 먼 곳, 더 높은 곳으로 날아가려는 홍수가 미웠을 것이다. 하지만 홍수를 붙잡기 위해 그 날개를 부러뜨릴 작정은 아니었을 것이다.

알고 있다. 그 일은 우연한 사고였다. 고의가 아닌 실수였다. 다 알지만, 그래도 달라지지 않는다. 진실은 하나다. 남순 때문에 꿈이 좌절되었다는 것, 아무리 간절히 원해도 축구선수가 될 수 없다는 것.

"실례합니다. 학폭위 때문에요. 정 선생님도 함께 가시죠. 박홍수?"

뒷문에 세찬이 서 있었다. 홍수는 자리에서 일어났다.

*

조금 전 홍수를 데리러 왔을 때 열린 창틈 너머로 남순의 발표를 들었다. 아니, 고백이었나.

어쩐지 세찬은 두 사람이 싸울 때 진짜 싸운다는 느낌이 들지 않았다. 그때는 경황이 없어서 그런 생각도 못했지만 돌이켜보니 그랬다. 세상은 보이는 곳보다 보이지 않는 곳이 더 크다. 하지만 보이는 것만 감당하기에도 힘이 부친다. 보이지 않는 곳은 보지 않거나, 보더라도 못 본 체하고 싶어진다.

시험지 유출사건 때 남순을 위해 나선 일이 생각났다. 솔직히 아이들에게 성큼 다가서버린 그 느낌이 좋지만은 않았다. 감당할 수 없을 것 같았다. 관계에서 무엇보다 중요한 건 적정거리를 유지하는 것이다. 너무 가까워도, 너무 멀어도 안 된다. 하지만 가깝지도 멀지도 않은 적정거리라는 건 어느 정도일까. 한쪽이 가까워지려 하거나 멀어지려 할 때 팽팽히 그 거리를 유지하는 건 또 얼마나 힘든 일일까.

　세찬은 흥수를 앞세우고 교장실로 향하며 생각을 정리해보았다. 어차피 아이들의 생활지도는 정 선생 몫이다. 그녀가 적정거리를 유지하고 있다는 생각은 들지 않지만 알아서 할 일이다. 세찬은 지금까지 그랬듯 성적 유지에만 노력할 것이다. 예상대로 2반은 이번 중간고사에서도 시원하게 꼴찌를 해주셨다. 전교 1,2등을 놓치지 않던 하경과 민기까지 성적이 떨어졌다. 세찬이 돌볼 학생은 길 잃고 헤매는 어린양 한 마리가 아니라, 성적 잃고 헤매는 서른네 마리의 양이다.

　"보고 안 한 거, 징계 사유 되는 건 알고 계시죠? 일단 담임 일부터 손 떼세요."

　교장실 앞 복도에 다다랐을 때 잔뜩 화가 난 교장의 목소리가 들렸다. 먼저 도착한 인재는 고개를 푹 숙이고 있었다. 조금 전 본관에서 만난 경찰이 떠올랐다. 학폭위 자치위원으로 왔다는 그는, 흥수와 남순, 정호와 지훈이 경찰서에서 합의를 할 때 조서를 썼던 사람이었다. 그 일이 탄로 난 모양이었다.

　"이제 2반은 강 선생님 혼자 맡습니다. 학폭위도 강 선생님이 대신 들어오세요."

　"아, 전 그냥 애 데려다주러 온 건데…… 그, 생활지도는 정 선생님 소관이라……"

　불똥을 피해보려 했지만 교장은 단호했다. 다시는 이런 일에 나서지 않으려고 결심한 참인데 귀찮고 난감했다. 저쪽에서 민기 엄마와 교감, 조봉수 선생과 엄대웅 선생이 걸어오고 있었다. 세찬이 마지못해 다른 선생들을 따라 들어가려 하자 인재가 세찬의 팔을 붙잡았다.

"어느 쪽에 손드실 거예요?"

"들어보고 합리적인 선에서요."

"남순이 사고 났을 땐 열심히 나서시더니 갑자기 왜 그러세요?"

"그게 좀 피곤하더라고요. 확실히 적성에 안 맞아요. 그리고 거리 유지가 잘 되어야 선생도 애도 덜 힘들죠. 정 선생님도 그거 못해서 이 중요한 타이밍에 쫓겨나시는 거잖아요."

"그래서 애 쓰러졌을 때도 모른 척하셨어요?"

발끈한 인재가 하경의 이야기를 꺼냈다. 짚단처럼 푹 쓰러지던 하경이 떠올랐다. 악몽 속에서처럼, 머리로는 움직여야 한다고 생각하는데 몸은 전혀 움직여주지 않던 순간. 영원처럼 느껴지던 길고 긴 찰나.

"별일 없었잖아요."

세찬은 차갑게 대답한 뒤 교장실로 들어갔다.

다수결에 앞서 세찬은 조금 전 알게 된 남순과 홍수의 관계를 간략하게 보고했다. 사정이 있었으니 선처해달라는 뜻이라기보다는, 사건의 실태에 대한 정리였다. 엄대웅 선생이 홍수를 교실로 돌려보내자 민기 엄마가 못마땅한 얼굴로 입을 열었다.

"그러니까 우리 민기 반에 왕년 일짱이 하나 더 있었다는 게 결론 아닙니까? 박흥수라는 애는 학교에서 폭력을 휘둘렀다는 게 팩트구요. 둘이 한 교실에 있으면 이런 일이 또 없으리라는 보장이 없잖아요."

교장과 교감이 고개를 끄덕이자 조봉수 선생이 말했다.

"그게 가장 고민입니다. 학교에서 아이를 포기하면 어떻게 학교가 그럴 수 있냐 하던 부모들도, 내 새끼 옆에 문제 학생이 있다고 하면 엄격하게 처리해달라고 하거든요. 누가 옳다 그르다 할 수 있는 문제도 아니고……"

"그건 이런 일 있을 때마다 반복되는 얘기니 길게 할 거 없고 다수결로 결정하시죠."

교장이 조 선생의 말을 잘랐다. 막 다수결이 시작되려는데 인재가 황급히 교장실 안으로 들어왔다. 교장이 인상을 찌푸리자 조 선생이 얼른 나서며 인재를 맞았다.

"아, 마침 잘 왔네. 우리 정 선생 이야기도 좀 들어보죠. 2반 애들하곤 제일 많이 부대꼈으니."

"그게 제가 갑자기 겁이 나서요……"

세찬은 자신의 옆에 서 있는 인재를 바라보았다. 웬일인지 그녀는 정말 겁먹은 표정이었다.

"이런 일은 처음이라…… 이번만 봐주면 달라질지도 모르는데 진짜 중요한 마지막 기회를 놓쳐버리는 게 아닌가 싶어서……"

"무슨 꿈같은 소리입니까? 애들 쉽게 안 달라집니다. 오정호 보면 모르시겠어요?"

인재는 교장의 날카로운 목소리에도 별 반응이 없었다. 지금 그녀를 겁나게 하는 것은 교장도, 계약 파기도 아니었다. 홍수가 달라질 수 있다는 희망, 타인이 그 희망을 앗아갈 거라는 절망. 희망과 절망의 그 아득한 간극이 인재를 두렵게 했다.

"……최근에 오정호의 눈빛이 흔들리는 순간이 있었습니다. 제 손목을 부러져라 잡고도 안 흔들리던 눈빛이 강 선생님 말씀에 흔들리는 걸 봤습니다. 아까 박홍수는 제게 안 다쳤냐고 물었습니다. 실수로 밀친 게 마음에 쓰였던 거고, 물어보기 쉽지 않았을 텐데 물어본 거죠. 이 정도면 아직은 가능성이 있는 게 아닐까요?"

"참, 낭만적이시네요. 학교에 그런 낭만이 사라진 지가 언제인지 아십니까?"

"압니다. 제가 답답하고 구닥다리 생각을 가지고 있다는 거. 그래도 부탁드리고 싶습니다. 박홍수 학생에게 한 번만 더 기회를 주시기 바랍니다."

인재는 민기 엄마와 선생들을 향해 깊이 고개를 숙였다. 다들 잠깐 말이 없었다. 누군가의 인생을 좌지우지할 수 있는 이 중대한 결정의 무게를 새삼 가늠해보는지도 몰랐다. 세찬도 생각에 잠겼다. 더 이상 아이들의 사사로운 일에 나서지 않겠다고 마음먹었다. 그러나 인재를 대신해 학폭위에 참석한 이상 찬성이든 반대든 어느 쪽에는 손을 들어야 했다. 무거운 침묵을 깬 사람은 민기 엄마였다.

"자르자고 한 사람만 나쁜 사람이 되는 것 같은데 그 학생이 학교 다닐 생각이 있긴 있는 겁니까? 있다면 그런 짓을 한 게 얼마나 잘못되었는지 확실히 짚어줘야 하고, 없어서 그랬다면 학교가 할 수 있는 일은 이미 없는 거 아닌가요?"

"맞는 말씀입니다만, 절대라는 기준으로 움직이면 그건 사회지 학교가 아닙니다. 조금씩 물러나기도, 또 앞으로 가기도 하면서 새로운 룰을 만드는 게 학교가 하는 일 아닐까 싶은데요."

조봉수 선생이 부드럽게 반박했다. 세찬은 여전히 판단할 수 없었다. 찬성해야 할지 반대해야 할지 결정할 수도 없었다. 한편으론 이 모든 게 뜬구름 잡는 이야기처럼 느껴졌다. 아이가 바뀔 것인가, 바뀌지 않을 것인가를 따지기 이전에 선생들이 그 일을 할 수 있는지 따져야 했다. 어차피 사람은 혼자 바뀌지 않는다. 누군가는 계속 영향을 주고 자극을 하면서 아이를 이끌어야 한다. 그 일은 누가 해야 할까. 그럴 능력은 있을까.

인재가 나가자 곧바로 다수결이 시작되었다. 먼저 퇴학 처분에 찬성하는 사람들이 손을 들었다. 교장, 교감, 민기 엄마였다. 엄 선생이 반대하는 사람을 묻자 조 선생이 손을 들었고, 잠깐 사이를 두고 경찰이 손을 들었다.

"그럼 찬성과 반대, 3대 3이네요."

엄 선생의 말에 교장이 못마땅하게 물었다.

"3대 3이라뇨?"

"저도 반대입니다. 아까 강 선생님 말씀에 따르면 박흥수와 고

남순 사이에는 가해자 피해자 관계가 성립되지 않습니다. 정 선생님도 맞은 게 아니라고 하셨고 남자애들 사이의 주먹다짐 정도이니, 교칙대로 적용하면 교내봉사가 적당한 수준입니다."

사람들의 이목이 일제히 세찬에게 쏠렸다. 그가 어느 쪽에 서느냐에 따라 결정이 나는 것이다.

"저는 퇴학을 찬성합니다……"

그 순간 교장실의 분위기가 엇갈렸다. 교장과 교감, 민기 엄마의 얼굴은 살짝 밝아졌고, 조봉수 선생은 눈을 질끈 감은 채 말이 없었다. 세찬은 사람들을 찬찬히 둘러보며 말을 이었다.

"제 기준으론 그러고도 남습니다. 그런데 오늘 제가 정 선생님 대신 온 거라서요. 정 선생님 의견은 보셨다시피 너무 분명하고, 저는 정 선생님 대신 왔으니 정 선생님 의견에 따르겠습니다. 저는 박홍수, 2반에 남기는 데 한 표 던지겠습니다."

교장과 민기 엄마의 얼굴이 일그러졌다. 교감은 두 사람의 눈치를 살피며 한숨만 내쉬고 있었다. 세찬은 조봉수 선생을 바라보았다. 조 선생도 그제야 안심했는지 눈을 뜨고 세찬을 마주보았다. 옆에서는 엄 선생이 빙그레 웃고 있었다.

*

홍수는 교장실을 나와 땡골로 갔다. 교실로 돌아가고 싶지 않았다. 교실은 홍수와 남순의 이야기로 떠들썩할 것이다. 상상력이

닿는 대로 이야기에 살을 붙이고 서사를 늘려가고 있을 것이다. 그러다 홍수가 들어서면 일제히 입을 다물고 시치미를 떼겠지. 교장실에서는 학폭위가 한창일 것이다. 어쩌면 이미 결론이 났을지 모른다. 하지만 궁금하지 않다. 어떤 쪽으로 결정이 되었든 홍수는 이 학교를 떠날 거니까.

홍수는 자신이 입고 있는 승리고 교복을 내려다보았다. 거의 새 것이나 다름없는 옷. 이 교복도 입은 지 얼마 되지 않아 벗게 되었다. 본관 건물을 슬쩍 올려다보았다. 여전히 낯설게 느껴지지만 한편으론 아주 오래 이곳에 다녔던 것 같기도 하다. 이토록 모순적인 감정은 왜 생기는 걸까.

교실로 갔다. 학교에 있기 위해서가 아니라 학교에서 나가기 위해서였다. 더 이상 이곳에 머무를 필요가 없었다. 마음 졸이며 학폭위 결과를 기다리는 인상 따위 주고 싶지 않았다. 홍수가 교실에 들어서자 시끌시끌하던 아이들의 말소리와 움직임이 일시에 뚝 멈췄다. 홍수는 가방을 들고 곧장 교실을 나왔다.

담을 따라 걸어가는데 뒤에서 다급한 발소리와 함께 홍수를 부르는 남순의 목소리가 들렸다. 홍수는 발걸음을 멈추고 뒤돌아섰다. 그리고 최대한 경멸과 적의를 담아 말했다.

"아직도 더 발라줄 게 남았냐? 애들 앞에서 아주 잘 바르더라."

"안 그랬음 잘리니까 그랬지."

"내가 잘리든 말든 네가 무슨 상관이냐?"

"네가 이 학교를 다녀야 내가 뭐라도 하지. 사과도 해야겠고, 빚도 갚아야겠고, 그리고, 매일 얼굴 보다 보면……"

남순의 목소리가 잦아들더니 툭 끊겼다. 스스로 생각해도 민망한 소리일 것이다. 사과를 한다니, 빚을 갚는다니, 감히 무언가를 할 수 있다고 생각하다니.

"사과는 진작 했어야지. 그리고 빚? 이게 갚을 수 있는 빚이냐? 너 내가 호구로 보이지? 내 인생 아작 내놓고 쌩 깐 새끼가 이제 와서 싹싹 빌면, 그래, 이해한다, 그럴 수밖에 없었겠다, 이렇게 해줄 만큼 내가 호락호락해 보이냐고 새꺄!"

남순은 쉽게 생각하고 있다. 어떤 사과도, 어떤 대가도, 망가진 다리를 돌려줄 수 없는데 남순은 사과를 하고 빚을 갚으면 해결할 수 있다고 믿는 것이다. 남순에게 그런 기회를 주지 않기 위해서라도 학교에서 잘리고 말 것이다. 잘리지 않는다면 스스로 그만두고 말 것이다.

하지만 홍수는 알고 있었다. 남순은 핑계에 불과했다. 정말 학교를 그만두고 싶은 이유는 남순과 함께 있는 이상 그 순간의 기억, 그 순간의 통증으로부터 벗어날 수 없기 때문이다. 문학 시간 남순의 고백을 들었을 때 깨달았다. 의식하지 않고 지내면 그만이라는 생각은 헛된 바람에 불과했다. 환시처럼 눈앞을 스쳐가던 기억, 환지통처럼 다리를 기습하던 통증, 평정을 잃고 휘청거리던 마음. 남순은 언제고 홍수를 그런 상태에 빠뜨릴 수 있는 존재였다.

"안 잘리면 어쩔 건데? 네 누나 소원인데 그래도 안 나올 거냐?"

 담 위로 훌쩍 올라간 홍수는 '누나'라는 말에 멈칫했다. 누나를 실망시키는 것도, 누나의 눈물을 보는 것도, 죽기보다 싫은 일이다. 만약 잘리지 않으면…… 그때도 스스로 그만두겠다고 결심할 수 있을까.

*

제58회 학교폭력 대책 자치위원회 결과 보고
2학년 2반 박○○ 교내봉사 14일

 누군가 ○○ 위에 '홍수'라고 써놓았다. 남순은 볼펜을 꺼내 홍수의 이름이 보이지 않게 동그라미 속을 새까맣게 칠했다.
 홍수는 잘리지 않았다. 하지만 학교도 나오지 않았다. 잘리지 않으면 스스로 그만둘 생각일까. 남순은 종일 창밖만 바라보았다. 어제는 학교가 끝나자마자 야자를 빼먹고 홍수의 집 앞으로 갔다. 홍수를 학교에 나오게 할 수 있다. 그렇게 하고 말 것이다. 학교를 그만두겠다는 홍수의 결심보다는, 홍수가 학교를 다니게 하겠다는 남순의 결심이 더 강할 것이므로.
 "전화 좀 그만해라. 배터리 다 나가겠다, 새꺄."
 남순의 얼굴이 조금 밝아졌다. 만나주지 않을지 모른다고 생각하면서도 무작정 찾아왔다. 홍수의 집 앞 놀이터였다.

"학교 진짜 안 나올 거냐?"

"왜 이렇게 징징대냐, 학교에서 그런 거 가르치든? 가, 새꺄."

남순은 돌아서려는 흥수의 어깨를 낚아챘다. 그러고는 멱살을 잡아 벽으로 밀쳤다.

"나 같은 놈 때문에 네 인생 또 날려먹고 싶냐? 나 쌩 깐다며? 그럼 쌩 까고 다녀. 왜? 안 돼? 그럼 신경 쓰인다고 말을 하든가, 왜 내 핑계를 대고 도망이야?"

더 이상 남순은 흥수에게 애원하지 않을 생각이었다. 사과를 해도, 어떤 대가를 치러도, 흥수의 다리와 마음은 치유되지 않는다. 쉬울 거라곤 생각하지 않았다. 하지만 가능성은 있다고 생각했다. 지금이라도 마음을 다해 사과를 하면, 해줄 수 있는 것을 모두 해주면, 예전처럼은 아니라도 어느 정도는, 아주 조금은, 나아질지도 모른다고 생각했다.

하지만 아니다. 너무 단순하고 안일한 생각이었다. 흥수와 남순 사이에 남은 가능성이란 관계를 회복하는 것이 아니라, 흥수가 남순을 벗어나 제 갈 길을 가도록 해주는 것인지 모른다.

"눈치 깠냐? 그래, 나 도망간다. 매일같이 네 면상 보는 거 엿 같아서, 너만 보면 작살난 내 다리 생각나서 도망간다."

"그러니까 남아서 괴롭히라고. 도망가지 말고 남아서 복수하라고."

"복수? 뭘 뺏으면 복수인데? 나한테 축구 같은 거, 너한테 있기나 해? 있음 버려봐. 너한테 제일 중요한 거 버려보라고. 그럼 네가 이러는 거 진심인가 보다 속아주고 학교도 갈게."

남순은 힘이 빠져서 멱살을 잡은 손을 놓았다.

홍수에게 축구 같은 것, 남순에게는 그런 것이 없었다. 홍수는 그럴 줄 알았다는 얼굴이었다. 알고 있는 것이다. 남순이 텅 빈 인간이라는 것을. 알기 때문에 버려보라고, 들어줄 수 없는 일을 시키는 것이다.

홍수의 비웃음을 보면서도 아무 말을 할 수 없었다. 그가 돌아서 걸어가는 것을 보면서도 붙잡을 수가 없었다. 홍수를 학교로 돌아오게 할 방법이 없다는 절망감에, 남순은 한참을 망연히 서 있었다.

남순은 집을 향해 걸었다. 어쩐지 큰길로 나가기가 싫었다. 지나치는 모든 사람들이 남순의 실체를 알아버릴 것만 같았다. 텅 비어 있는 인간, 껍데기뿐인 인간이라고. 인적 없는 골목은 가로등조차 고장 나 캄캄하고 적막했다. 어두운 길 끝에 철거 직전의 건물이 서 있었다. 창문이 깨져 있었다. 안도, 밖도, 공막한 어둠뿐인 폐허.

깨진 창문이 생각났다. 그날 남순은 슈퍼마켓에서 아무것도 훔치지 않았다. 그러나 슈퍼마켓의 주인은 남순의 주머니를 일일이 뒤집었고, 책가방을 거꾸로 들어 탈탈 털었다. 아무것도 나오지 않았는데도 주인은 목청을 높이며 도둑놈이라고 몰아붙였다. 짜증이 나서 손에 잡히는 물건을 집어던져 창문을 깨뜨렸다. 그래도 화가 풀리지 않았다. 가게를 뒤집어엎고 진열대에 놓인 물건을 몽땅 부수어야 화가 가라앉을 것 같았다.

하지만 그러기 전에 홍수가 나타났다. 바지주머니에서 구깃구깃한 지폐와 동전을 손에 잡히는 대로 꺼내 카운터 위에 올려놓은 홍수는, 바닥에 떨어져 있던 남순의 가방을 집었다.

"유리 값이에요. 가도 되죠?"

"어른 데려오랬지 누가 너 같은 조무래기 오랬냐? 얘 부모 와서 정식으로 사과하고 가라고 해."

"제가 얘 형이거든요. 할 말 있으면 저한테 하세요."

홍수는 당당했다. 주인은 눈을 부라리면서도 허겁지겁 지폐를 세었다. 얼핏 봐도 유리 값으로 넉넉하면 넉넉했지 모자라지는 않을 것 같았다. 마트를 나오자마자 남순은 홍수에게 화풀이를 했다.

"왜 돈을 물어주고 그래? 저 아저씨가 먼저 나 도둑놈 취급했다니까. 그리고 네가 왜 내 형이야?"

"깽판 친 거 수습해줘, 유리창 값 대신 갚아줘, 거기다 내가 너보다 생일도 빠르지. 이게 형 아니면 뭐냐? 겸손하게 인사나 해라. 고맙습니다, 형님, 하고."

"고맙습니다. 형님."

남순은 재깍 허리를 직각으로 굽혔다가, 홍수가 흐뭇한 얼굴로 머리를 쓰다듬으려는 순간 주먹을 날렸다. 홍수가 억 소리를 내며 배를 움켜잡았다.

"이럴 줄 알았냐? 웃기시네."

남순이 달리자 홍수도 달렸다.

"잡히면 죽었어!"

홍수의 목소리에 웃음기가 섞여 있었다.

한참을 그렇게 달렸던 것 같다. 남순이 앞서 달렸던 것 같기도 하고, 어느 순간 홍수가 남순을 앞질렀던 것 같기도 하다. 그때 어디선가 싱그러운 바람이 불었던 것 같기도 하고, 대문 앞에 나와 있던 어느 집 개가 두 소년을 보고 컹컹 짖었던 것 같기도 하다. 그 풍경의 디테일이 하얗게 지워진 다음에도 홍수와 함께 있던 순간의 어떤 기분, 홍수가 있어서 든든하고 홍수가 있어서 다행스러웠던 그 마음만은 사라지지 않았다.

그 시절의 매일이 그랬다. 자판기를 털고, 물건을 훔치고, 싸움을 하고, 삥을 뜯고…… 그것이 나쁜 일인지 아닌지 생각해보지 않았다. 중요한 것은 옳고 그름이 아니라, 그 모든 상황 속에 홍수가 있다는 것이었다.

홍수가 있어서 다행이다, 홍수가 있어서 나는 괜찮다.

홍수가 있어서 그렇게 닥치는 대로 들이받았는지도 모른다. 남순이 도가 지나치면 홍수가 붙잡아줄 테니까. 남순이 선을 넘으려 하면 홍수가 막아서줄 테니까.

그렇게 홍수가 해준 것들이 떠오르자, 지금 자신이 홍수에게 해줄 수 있는 일이 아무것도 없다는 데 마음이 시큰거렸다.

*

"결석을 안 해야 어떻게 손이라도 써볼 텐데요. 아직 연락 안 되십니까?"

퇴학을 겨우 막아놓았더니 홍수는 며칠째 무단결석이다. 무단결석에 교내 징계 불이행이면 더 이상 구제할 방법이 없다. 크게 내색은 안 하지만 엄대웅 선생도 신경이 쓰이는 듯했다.

홍수는 아무리 전화를 해도 받지 않았다. 문자를 보내도 답이 없었다. 전날 집으로 찾아가보았지만 홍수도, 홍수의 누나도 만나지 못했다. 세찬이 고개를 절레절레 흔들었다.

"떠다 먹여줘도 뱉는구먼. 텄어요. 글렀어요."

종례에 들어간 인재는 홍수의 빈자리를 오랫동안 쳐다보았다. 교내봉사 마지막 날이었다. 오늘까지 무단결석이면 도리가 없다. 인재는 단호한 목소리로 남순에게 말했다.

"박홍수한테 전화해서 당장 오라고 해. 지금이 정말 마지막 기회라고, 안 오면 퇴학이라고."

남순이 전화기를 들고 밖으로 나갔다. 인재는 다시 홍수의 자리를 노려보았다. 초조했다. 오늘 안에 와야 한다. 오늘 안에, 종례가 끝나기 전에. 아이들은 전달사항이 모두 끝났는데도 종례를 끝내지 않는 인재에게 짜증이 난 얼굴이었다. 한 아이가 손을 들었다.

"쌤, 저 급한 일 있는데 먼저 가도 돼요?"

시계를 보았다. 인재에게는 야속하기만 한 초침소리가 아이들에게는 한없이 길게 느껴질 것이다.

"그래, 갈 사람들은 가."

아이들이 우르르 교실을 나간 뒤에도 몇몇 아이들은 자리를 지키고 있었다. 남순, 하경, 민기, 강주, 기덕…… 아직 종례는 끝나지 않았다. 그리고 홍수가 오기 전까지, 종례는 끝나지 않을 것이다.

트럭의 짐칸에 선 아저씨가 홍수 쪽으로 택배상자를 던졌다. 팔이 휘청거릴 만큼 무거웠다. 상자를 내린 뒤 뻐근해진 팔을 주무르며 트럭의 보조석으로 갔다. 좌석에 교복 재킷이 걸려 있었다. 지금이라도 학교를 가야 할까. 어차피 수업은 끝났을 것이다. 하지만 궁금했다. 남순이 버리겠다는 게 뭘까. 그 녀석에게 버릴 만한 것이 있었던가.

전화를 받지 말걸 그랬다. 하지만 받지 않으면 며칠 전처럼 집요하게 전화를 해댈 것이다. 배터리가 나갈 때까지 끊임없이 울리는 전화기 때문에 일도 제대로 못하게 되겠지. 남순은 원래 그랬다. 예전부터 세상만사 시큰둥한 척은 혼자 다 하면서, 한 번 마음먹으면 끈기 하나는 끈질긴 녀석이었다. 그리고 남순은 그 지독한 집념을, 지금 홍수에게 쏟아 붓고 있는 것이다. 그만 좀 해라, 고남순.

홍수는 유니폼을 벗고 교복을 입었다.

버스에서 내려 하교하는 아이들을 지나쳐 역방향으로 걸었다. 교실에 들어서자 어쩐 일인지 남순을 비롯해 몇몇 아이들이 자리에 앉아 있었다. 교단에는 인재가, 사물함 앞에는 세찬이 서 있었다.

"정 선생님, 오늘도 박흥수 안 왔죠?"

엄포스가 뒷문을 열고 불쑥 들어왔다가 어정쩡하게 서 있는 흥수를 보고 멈칫했다.

"아, 방금 왔어요. 흥수야, 빨리 자리에 가서 앉아, 얼른."

흥수가 자리에 앉자 엄포스가 말했다.

"왔긴 왔는데 방과 후에 왔으니 결석으로 보고하겠습니다."

"저희 종례 아직 안 끝났는데요."

인재의 말에 민기와 강주도 "애들이 그냥 먼저 간 거예요"라며 맞장구를 쳤다. 종례가 끝나도 한참 전에 끝났어야 할 시간이었다. 저녁시간도 훌쩍 지나 있었다. 다들 배가 고플 것이다.

담임과 아이들이 기다릴 거라고 생각도 못했다. 다들 남순을 위해 흥수가 없어지기를 바란다고 생각했다. 흥수의 퇴학에는 호기심 이상의 관심을 가지지 않는다고 생각했다. 정말 그럴지도 모르지만…… 어쩐지 미안했다. 흥수는 다른 사람들과 눈이 마주치지 않도록 고개를 약간 숙였다.

"자, 오늘도 학교에서 버티느라 수고 많이 했고…… 음, 이것으로 오늘 종례를 마친다. 이상, 회장!"

남순의 구령에 따라 아이들이 인사를 했다. 엄포스도 아무 말을 하지 않았다. 그렇게, 길고 긴 종례가 끝났다.

아이들이 나간 뒤 흥수는 남순에게 물었다.

"뭘 버릴지 정했냐?"

남순은 주머니에서 종이 한 장을 꺼내 홍수의 눈앞에 내밀었다. 자퇴신청서였다.

*

학교를 그만두기로 했다.

홍수에게 해줄 수 있는 일이 없어서 떠나는 것이기도 했고, 그것만이 해줄 수 있는 일이라서 떠나는 것이기도 했다. 어쩌면 이제껏 제 입장에서만 생각했던 것인지 몰랐다. 이기적으로 생각했기에 무언가 해주려 했던 것이다. 하지만 홍수가 가장 원하는 것은 남순이 없어지는 것, 그래서 남순에게 아무것도 받지 않는 것이라는 생각이 들었다.

교실을 나와 인재에게 갔다. 남순이 자퇴신청서를 책상에 올려놓자 인재는 물끄러미 종이를 바라보다 마른세수를 했다. 며칠 사이 인재의 얼굴이 많이 까칠해져 있었다. 피곤하고 지쳐 보였다. 홍수가 퇴학을 당할까 마음 졸였을 것이다. 짐을 하나 내려놓자마자 또 다른 짐을 얹어주는 것 같아 마음이 무거웠다.

인재가 아무 말도 하지 않는 것이 오히려 다행스러웠다. 남순도 무슨 말을 해야 할지 알 수 없으니까. 남순은 상담실을 나왔다.

교문 앞에 홍수가 서 있었다. 남순이 그대로 지나쳐가려 하자,

홍수는 앞을 가로막고 빈정거렸다.

"고작 학교냐? 네 인생에서 제일 중요한 게? 이걸론 좀 그런데. 더 큰 거 없냐?"

남순은 홍수를 빤히 바라보았다.

제일 소중한 것.

폐건물 아래에서 깨진 유리창을 바라보던 순간, 남순은 그것이 뭔지 알 수 있었다. 홍수가 있어서 다행이었다. 홍수가 있어서 남순은 무사할 수 있었다.

"내가 버린 게 학교냐?"

눈물이 차올랐다. 눈앞이 뿌예지더니 홍수의 얼굴이 뭉개지며 어룽거렸다. 왜 눈물이 나려는 걸까. 마음은 이렇게 담담한데. 진작 알았으면 좋았을 걸 그랬다. 그랬으면 더 빨리 포기할 수 있었을 텐데. 남순은 희미하게 미소지었다.

"내가 버린 건 학교가 아니라…… 너다, 새꺄."

남순이 돌아서 걸었다. 다시는 학교로 돌아오지 않을 그 발걸음은, 그러나 아무 미련도 없어 보였다. 홍수는 멍하니 남순의 뒷모습을 바라보았다.

내가 버린 건 너다……

홍수는 방금 남순이 한 말을 떠올렸다. 남순에게 소중한 것이 있으리라고 생각하지 못했다. 그것이 자신일 거라곤 더더욱 생각하지 못했다. 하지만 정말 생각지도 못한 것은, 남순이 이제껏 홍수를 버리지 못했다는 것이다. 홍수는 오래 전에 남순이 먼저 자신을 버렸다고 생각했다. 그랬기 때문에 지난 몇 년동안 홍수도 남순을 버리려고 애썼다.

3년 전 이미 끝났다고 생각했다. 마침표조차 없이, 엔딩조차 없이, 그렇게 어정쩡하고 모호한 상태로 끝나버렸다고 생각했다. 하지만 그 사건이 끝난 것은 지금 이 순간인지 몰랐다. 다 끝났다. 비로소 모든 것이 끝났다.

그런데 왜 하나도 홀가분하지 않은 걸까.

아직은 유효한
약속

백날 문자 해봐라, 답이 오나.

세찬은 남순에게 문자를 보내는 인재를 보며 중얼거렸다. 조례 시간 남순의 자리는 비어 있었다. 교무실로 돌아와 인재에게 무슨 일인지 물어보았더니 자퇴서를 내밀었다. 자퇴 사유부터 보호자 서명란까지, 딱 봐도 죄다 남순의 글씨였다.

자퇴서를 처리하는 데 반대하는 것은 세찬도 인재와 마찬가지였지만, 이유는 달랐다. 부모의 동의를 받지 않은 자퇴서는 처리해줄 수 없다. 세찬이 생각하기에 담임의 역할은 거기까지였다. 자퇴를 한다고 해서 무작정 막아서는 게 아니라, 정상적이지 않은 자퇴서는 받아들일 수 없다는 것.

"페이스 투 페이스. 얼굴을 보고 끝장을 봐야지, 학교 그만두겠다고 나간 애가 문자 보낸다고 돌아옵니까?"

세찬은 인재의 휴대폰 액정을 슬쩍 바라보며 물었다. '고남순, 좋은 말로 할 때 전화 받아라.' 인재는 메시지를 전송하며 한숨을 쉬었다.

"만나야 끝장을 보든지 말든지 하죠. 아버님도 연락이 안 되고, 집에 벨 눌러도 아무도 없고."

"가출했나?"

"가출을 왜 해요, 거의 혼자 살다시피 하는데. 도대체 얘는 어디서 뭘 하는 걸까요?"

인재는 갑갑하다는 표정이었지만, 세찬은 그런 인재가 더 갑갑했다. 그것을 선생이 알 리가 있나, 애들이 알지.

2반 문학 수업이 끝난 뒤 세찬은 아이들에게 툭 던지듯 물었다.
"고남순 어디 있냐? 본 사람 없냐?"
"사거리에서 총 쏘고 있던데요."

종현이 엄지와 검지를 세워 총알을 날리는 시늉을 했다. 그럼 그렇지. 세찬도 답례로 종현에게 총알을 날려주었다. 종현이 책상 위로 푹 쓰러지더니 킥킥거렸다.

점심을 먹은 뒤 차를 몰고 사거리에 있는 주유소로 갔다.
"어서 오세요!"
남순이 부리나케 달려오더니 얼른 수건을 꺼내서 차 유리창을 닦았다. 세찬은 짙게 선탠이 된 유리창을 내렸다.

"만 원어치도 되냐?"

남순은 유리창을 닦던 손을 슬그머니 내리더니, 세찬의 얼굴을 외면한 채 주유를 하기 시작했다. 주유가 거의 다 되었을 때, 사무실에서 사장이 뛰어나오더니 남순에게 소리를 빽 질렀다.

"야 인마, 너 초등학교도 안 나왔냐? 왜 이렇게 계산을 못 해? 방금 현찰 낸 손님, 거스름돈 잘못 줬잖아."

"사장님이 계산하셨잖아요."

"네가 제대로 확인했어야지. 만 원 더 갔으니까 네가 메워. 일당에서 깔 테니까."

"시급이 3,500원인데 그럼 여태 일한 거 허탕이거든요?"

"그러니까 정신 바짝 차리라고."

이제 보니 불법 알바 고용이었다. 세찬은 차에서 내려 남순을 보며 한심하다는 듯 말했다.

"청소년 알바 최저임금이 4,580원인데 그것도 못 찾아먹냐?"

세찬은 쪽필려죽겠다는 얼굴로 고개를 숙이고 있는 남순을 쳐다보며 혀를 찼다. 빨갛게 언 코끝, 찬바람에 헝클어진 머리카락, 목장갑을 낀 손. 기껏 학교에서 나가서 한다는 일이…… 세찬은 사장을 돌아보았다.

"애 담임입니다. 시급 떼어 드시게요?"

"아, 그게, 인턴 기간이라…… 한 달 있다가 올려주려고……"

"그건 제 알 바 아니고, 애 좀 데려가겠습니다."

세찬이 운전석에 올랐지만 남순은 고개를 숙인 채 꼼짝도 하지 않았다. 다른 차가 들어와 세찬의 차 뒤에 섰다. 누가 이기나 해보자. 세찬은 시동을 켜지 않고 앞만 바라보았다. 또 다른 차가 들어왔고 또 다른 차가 들어왔다. 밀린 차들이 신경질적으로 경적을 울렸지만 세찬은 요지부동이었다. 보다 못한 사장이 남순의 등을 떠밀었다.

"야 이 자식아, 빨리 안 가? 가라고, 좀!"

남순은 마지못해 유니폼 점퍼와 목장갑을 벗고 차에 올라탔다. 그제야 세찬도 시동을 걸었다.

*

남순은 보조석에 앉아 앞만 바라보았다. 세찬이 무언가 말하려 하기에 아예 눈을 감아버렸다. 차가 멈춰서는 게 느껴져 눈을 떴다. 학교 주차장이었다. 남순은 차에서 내려 주차장을 나왔다. 다시 주유소로 돌아갈 생각이었다. 아침 내내 추위에 떨면서 일했는데. 시급을 날린 건 속상하지만 사장에게 싹싹 빌면 다시 시켜주기는 할 것이다.

"시급 날린 거 억울하지?"

뒤에서 세찬의 목소리가 들렸다. 남순은 멈춰서 세찬을 돌아보았다.

"십 년 후에는 어떨 거 같냐? 그때는 주유소에서 총질도 안 하고, 억울하게 돈도 안 떼이고, 그럴 거 같냐? 천만의 말씀. 고등학교 졸업장도 없이 이대로 세상에 나가면 네 인생 쭉 이렇게 가는 거다. 총질하거나 배달하거나 폰 팔이 하면서, 추울 때나 더울 때나 밖에서 허드렛일하면서, 세상 괄시 다 받으면서도 너도 '나는 원래 그런가 보다', 남들도 '너는 원래 그런 놈인가 보다' 하면서 살게 될 거다. 그러니까 후회할 것 하지 마라."

"뭐가 다른데요? 고등학교 졸업장 들고 나가면?"

"그래서 자퇴하시는 거 아니잖아? 사내자식들이 조잔하기는……"

홍수가 전학 온 뒤 남순은 학교를 나와야만 했다. 홍수에게 사과를 하고, 해줄 수 있는 것을 해주고, 용서를 받고, 그리고 예전처럼 지낼 수 있다면…… 그러면 등교하는 일이 즐거웠을 것이다. 느리게만 느껴지던 열아홉 살이 조금은 빨리 흘러갔을 것이다. 하지만 홍수는 그런 것을 원하지 않는다. 홍수가 원하지 않기에 그만두는 것이다. 세찬은 다 알고 있었다.

"이서 네 글씨지? 아버지 사인 제대로 받아와라. 그럼 처리해줄게."

세찬은 재킷 안주머니에서 접힌 종이를 꺼냈다. 남순이 쓴 자퇴서였다.

남순은 교문을 나오기 전 학교 건물을 올려다보다가 손에 들린 자퇴서를 내려다보았다. 과거의 어느 한때로 되돌아간 착각이 들었다. 3년 전에도 이렇게 자퇴서와 학교 건물을 번갈아 본 적 있었다. 똑같은 상황이지만 지금이 더 캄캄하게 느껴지는 것은, 이후에 벌어질 일을 알고 있기 때문일까.

남순은 다시 어른들뿐인 세상에 내던져질 것이다. 교복을 입은 아이들은 학교로 가고, 남순만이 거리에 남겨질 것이다. 어리다는 이유로, 학력도 경력도 없다는 이유로, 무시당하고 시급을 떼이고 '야 인마'란 소리를 이름처럼 들으며 살게 될 것이다. 세찬의 말처럼 '총질하거나 배달하거나 폰 팔이 하면서, 추울 때나 더울 때나 밖에서 허드렛일하면서, 세상 괄시 다 받으면서'.

하지만 어차피 그런 인생이다. 아버지도 그렇게 살고 있고 남순도 그렇게 살게 될 것이다. 고등학교 졸업장이 있다고 지금과 달라질 것도 없다. 애초에 학교를 다닐 이유 같은 건 없었다. 딱히 안 다닐 이유가 없어서 다닌 것뿐이었다.

*

정호는 시간표를 힐끗 보았다. 수학이다. 땡땡이치기는 글렀다. 정호는 심드렁하게 종현을 불렀다.

"수학책 좀 빌려와라."

"어…… 그러니까……"

종현은 잠깐 머뭇거리더니 홍수를 한 번 돌아보았다.

"싫어."

정호는 귀를 의심했다. 싫어? 저 자식이 지금 누구를 돌아보는 거지? 일단 참았다. 숨을 고른 뒤 이번에는 변기덕을 불렀다.

"네가 빌려와라."

기덕도 홍수를 돌아보았다.

"홍수 형님이 허락하시면."

빡쳤다. 빈 책상을 걷어차며 아이들을 노려보았다. 하지만 다들 슬금슬금 피하기만 할 뿐 예전처럼 정호를 두려워하는 것 같지는 않았다.

수업종이 울렸다. 정호는 교과서도 없이 빈 책상을 앞에 놓고 앉아 있었다. 결국 엄포스에게 한소리 들었다. 쪽팔리고 짜증났다. 평소처럼 졸리지도 않았다. 분해서 이가 바득바득 갈렸다. 이경만 책상에 엎드려 있고 웬일인지 지훈은 수업을 듣고 있었다. 미친 놈, 지가 들으면 아나. 문득 며칠 전 조례시간에 강세찬이 했던 말이 떠올랐다.

"이지훈, 성적 좀 올랐더라. 애들 모르게 공부라도 하냐?"

아니라고 발뺌하면서도 당황해하던 지훈. 그리고 보니 요즘 지훈은 여러 가지로 수상쩍었다. 누군가와 한 판 뜨려 해도 못마땅한 얼굴로 외면하고, 당구를 치러 가자거나 게임방에 가자고 해도 집에 일이 있다며 먼저 가버리곤 했다. 새끼, 빠져가지고. 분명 정호를 둘러싼 주변이 흔들리며 균열이 일어나고 있었다. 홍수의 눈치를 살피며 정호에게 개기는 아이들, 예전 같지 않은 지훈의 태도.

수학이 끝나고 오후 수업이 시작되기 전 이경, 지훈과 함께 교실을 나왔다. 당구나 한 판 때릴 생각이었다. 계단을 내려가다가 박흥수와 마주쳤다. 정호가 노려보았지만 흥수는 눈도 마주치지 않고 정호를 스쳐지나갔다. 저 자식은 나를 무서워하지 않는다. 저 자식이 나를 무서워하지 않기 때문에 다른 아이들도 나를 무서워하지 않는 것이다.

모든 게 박흥수 때문이다. 저 자식을 바르지 못하면 정호의 자리가 위태롭다. 아니, 박흥수만이 아니다. 지금은 결석 중이지만 고남순이 돌아오면 어떻게 될까. 고남순은 박흥수보다 한 수 위다. 이제 모두 고남순이 일짱이었다는 사실을 알고 있다. 어쩌면 아이들 사이에서 서열은 이미 고남순, 박흥수, 오정호로 뒤바뀌었는지 모른다. 박흥수, 고남순, 두 녀석을 엮어서 쌍으로 보내버려야 한다.

정호는 흥수의 모습이 보이지 않을 때까지 노려보았다. 이경이 정호의 어깨를 툭툭 치며 참으라는 표정을 했다. 지훈은 여전히 뚱한 얼굴이었다.

정호는 사거리에 있는 당구장으로 갔다. 길 끝에서 요란한 엔진 소리가 들리더니 당구장 건물 앞에 새 오토바이가 멈춰 섰다. 오토바이에서 내린 남자가 헬멧을 벗었다. 창우 형님이었다. 정호는 부랴부랴 형님에게 달려갔다.

"내 건요?"

"팔았지, 새꺄. 그게 여태 있냐?"

"그럼 제가 갚을 돈 빼고 남은 돈이라도 주세요."

"이자다, 아가야."

창우 형님은 오토바이 열쇠를 빼서 정호의 눈앞에서 빙글빙글 돌려 보이더니 당구장으로 들어갔다. 성질 같아서는 쫓아가 멱살이라도 잡고 싶지만, 창우 형님은 이 동네에서 알아주는 주먹이다. 조폭도 무엇도 아닌 양아치지만 성질은 미친개처럼 더러운 인간이다. 정호는 번쩍거리는 새 오토바이를 노려보며 주먹을 쥐었다. 팔다니. 그게 어떻게 산 오토바이인데. 꼬박 1년을 모아서 장만한 오토바이인데.

아버지가 막노동을 하다가 높은 곳에서 떨어져 허리를 다치지만 않았더라도…… 아버지는 그 꼴을 하고도 매일 술을 마셨다. 집세도 생활비도 떨어져가는데 날마다, 날마다 술만 마셨다. 통장잔고가 떨어지는 건 상관도 안 하면서도 술이 떨어지면 행패를 부렸다. 집에는 일할 사람도, 값나가는 물건도 없었다. 급한 대로 오토바이를 맡기고 창우 형님에게 돈을 빌렸지만 갚을 수 있을 리가 없었다. 그나마 빌린 돈도 바닥을 드러내고 있는 형편이었다. 이미 돈을 빌린 지 석 달이 지났으니 오토바이를 팔아도 할 말은 없지만, 차액이 남아도 한참은 남았을 텐데 이자는 무슨, 양아치 새끼.

어쩌면……

정호는 오토바이를 내려다보며 생각에 잠겼다. 어쩌면 기회가 될지도 모른다. 창우 형님을 빡치게 해서 박홍수 고남순을 함께 엿 먹이면? 그럼 손대지 않고 코 푸는 격이다. 정호는 피식 웃으며 이경에게 말했다.

"야, 가서 열쇠 좀 쌔벼와."

*

아이들은 예닐곱 명씩 조를 이루어 앉아 있었다. 인재는 미리 준비한 카드를 한 사람에게 색깔별로 네 장씩 나눠주었다. 전날 인재는 정성껏 글씨를 쓰고 그림을 그려서 수십 개의 카드를 만들었다. 카드에는 색깔별로 다른 시가 적혀 있었다.

"자, 지금부터 마음에 드는 시가 적힌 카드를 한 장만 선택해봐. 좋아하는 시가 같은 사람들끼리 하나의 모둠을 만들 거다."

"쌤, 모둠수업 싫다고 말씀드렸는데요."

"시간 좀 그만 뺏으세요. 우리 수능 공부해야 해요."

경민과 은혜가 불만스럽게 카드를 뒤적이며 볼멘소리를 했다.

조는 아이들을 깨울 방법, 수업에 대한 참여도를 높일 방법을 궁리하다 생각해낸 것이 모둠수업이었다. 상위권 아이들의 반발을 예상하지 못한 것은 아니었지만, 첫 수업이었던 지난 시간 은혜, 경민 등은 생각보다 거세게 불만을 토로했다. 개인별이 아닌 조별로 평가를 받는다는 게 가장 싫은 모양이었다.

상위권 아이들은 한 조가 된 하위권 아이들이 거저 점수를 받아간다고 짜증을 냈고, 하위권 아이들은 자신들을 들러리 세운다고 화를 냈다. 두 그룹 아이들은 협의하지 못하고 말다툼을 했지만, 그래도 조는 아이는 한 명도 없었다. 수업을 시작해서 끝낼 때까지 아무도 졸지 않았다는 것만 해도 인재는 커다란 희망을 본 느낌이었다.

내가 틀린 걸까? 아니다. 인재는 약해지려는 마음을 다잡았다. 몇몇 상위권 아이들만 끌고 가는 게 아니라 다 같이 참여하는 수업을 만들 수 있다. 그렇게 만들 것이다.

"쌤, 이거 안 하는 애들 좋은 일만 시키는 거라니까요."

경민이 기어이 카드를 내려놓았다.

"경민아, 누가 하든 안 하든 너는 할 거잖아. 하는 사람과 안 하는 사람은 배우는 깊이가 달라. 그러니까 이건 다른 애들이 아니라 널 위해서 하는 거야. 그리고 너희 모두 마찬가지야. 솔직히 수업시간에 처음부터 끝까지 집중해본 적 거의 없잖아. 자는 사람이 없다는 것만 해도 난 충분히 희망적이라고 본다. 그래서 선생님은 앞으로도 쭉 이렇게 수업하고 싶다."

"앞으로 쭉이요? 그럼 진도는 어떻게 다 빼실 건데요?"

"그것도 생각해봤는데, 세상의 모든 시를 해석해서 정답을 가르치는 건 불가능해. 나는 너희가 시 하나만이라도 느끼고 스스로 해석해보는 경험이 있어야 한다고 생각해. 그래야 처음 보는 시도 너희가 해석할 능력이 생기지."

세상의 모든 시에 대한 해답을 가르쳐줄 수 없듯이 인생의 난제들에 대한 해답을 가르쳐줄 수도 없다. 어차피 학교에서 가르쳐줄 수 있는 것은 제한적이고 한정적이다. 하지만 답을 구할 수 있는 방법을 터득하도록 이끌어준다면, 아이들은 스스로 시를 읽을 수 있듯 스스로의 인생도 헤쳐 나갈 수 있지 않을까.

아이들은 멍하니 시를 훑어보기만 할 뿐 자신의 마음에 드는 것을 금방 골라내지 못했다. 상위권 아이들은 아예 카드를 치워 놓고 다른 책을 꺼내 자습을 하고 있었다. 정말 내가 틀린 걸까? 인재는 문득 불안해졌다. 얼마 전 세찬이 했던 말이 떠올랐다. 대세는 수능형이라고. 아무리 공부를 못해도 대학생이 되기 싫은 학생은 없다고.

수능이 전부가 아니라는 생각은 변함없었다. 선생의 재량에 맡겨야 될 수업을 내신형이니 수능형이니 따지는 것부터가 문제라는 생각도 변함없었다. 하지만…… 내가 맞다는 확신은 오만이 아닐까. 내 방식을 고수하느라 애들이 원하는 것을 놓치고 있는 건 아닐까.

세찬은 그런 말도 했다. 가르치는 선생이 아니라 배우는 애들이 더 중요하다고. 세찬이 했던 대부분의 말에 동의할 수 없었지만 그 말에는 고개를 끄덕일 수밖에 없었다.

*

사거리에 있는 당구장……

홍수는 학교 담을 뛰어넘어 미친 듯이 거리를 달렸다. 지훈의 말이 사실이라면, 지금 남순은 정호가 훔친 오토바이를 타고 당구장으로 향하고 있을 것이다. 정호는 훔친 오토바이를 공터에 세운 뒤 남순이 일하는 심부름 업체에 전화를 걸었다고 했다. 오토바이를 당구장으로 가지고 오라고.

"고남순 그 오토바이 타고 있는 거 걸리면 뼈도 못 추린다. 내가 진짜 갈등하다 알려주는 거야."

이야기를 전하면서도 지훈은 괴로운 얼굴이었다. 아마 홍수에게 귀띔을 하는 것까지가 정호의 계획이었을 것이다. 홍수와 남순을 한데 엮어서 골로 보낼 생각이었겠지.

계단을 두세 개씩 뛰어 당구장으로 올라가던 홍수는 바깥에서 들려오는 엔진 소리에 다급히 계단을 뛰어 내려갔다. 남순이 계단을 올라오고 있었다. 홍수는 자신을 모르는 체하며 지나치려는 남순을 붙잡았다.

"당장 열쇠 버리고 튀어."

"뭔 소리냐, 대뜸?"

"이거 주인, 저 위에 있다. 낮에 오정호가 훔쳤대. 장물로 신고돼 있어. 네가 다 뒤집어쓴다고."

남순의 얼굴이 굳었다. 시선은 홍수의 뒤를 향해 있었다. 저벅저벅, 발소리가 들렸다. 지훈이 설명한 것과 똑같은 인상착의의 양아치들이 당구장 안이 아니라 밖에서 건물 안으로 들어서고 있었다. 상황은 더 좋지 않았다.

"네들이냐? 혹시 빌려갔었냐, 말도 안 하고?"

양아치는 건물 입구에 세워진 오토바이를 쳐다보며 히죽 웃었다. 순식간에 대여섯 명의 남자들이 홍수와 남순을 에워쌌다.

"고삐리들이 간댕이가 장난 아냐. 설마, 내가 누군지 모르는 거냐?"

양아치들은 홍수와 남순을 벽 쪽으로 몰며 슬금슬금 다가왔다. 어떻게 해야 할지 머리를 굴리기 전에 몸이 먼저 움직였다. 홍수는 방어 자세를 취하며 슬쩍 뒤로 물러났다. 뒤에서 남순의 등이 맞닿았다. 남순도 똑같은 자세로, 똑같은 생각을 하고 있을 것이다. 홍수는 기다렸다. 남순의 신호를.

이윽고 남순의 목소리가 조그맣게 들렸다.

셋, 둘, 하나!

두 사람은 동시에 가장 가까운 곳에 있는 양아치를 향해 주먹을 날렸다. 양아치들이 움찔거리며 대열이 흐트러진 사이 계단을 뛰어올라갔다. 홍수를 앞으로 보낸 남순이 계단 모퉁이에 있던 폐품상자를 계단 밑으로 집어던졌다. 고함소리와 욕지거리가 들렸다. 양아치들이 계단에서 우왕좌왕하는 사이 두 사람은 전속력으로 달려 당구장 안으로 들어갔다. 남순이 창문을 열어젖히고 홍수를 향해 소리쳤다. 이미 한발은 창틀에 걸친 채였다.

"빨리 와!"

홍수는 창틀에 발을 올렸다가 멈칫했다. 아래가 까마득하게 보였다. 저 멀리 바닥이 빙글빙글 돌며 순간적으로 정신이 아득해졌다. 고작 이층이다. 듬성하게나마 벽에는 받침대로 이용할 만한 것도 있다. 예전의 홍수였다면 뛰어내리든 벽을 타고 내려가든, 망설임 없이 몸을 날렸을 것이다. 그러나 발을 삐끗하기라도 한다면, 그래서 아래로 떨어지기라도 한다면, 한 번 아작 난 다리가 손 쓸 수 없게 망가져버린다면……

"넌 가라."

홍수는 창틀에서 내려왔다. 당구대 너머에서 양아치들이 다가오고 있었다.

"까고 있네."

어느새 남순이 홍수 옆에 서 있었다. 두 사람은 다시 등을 맞대고 섰다. 오토바이 주인은 그런 둘을 바라보며 싱글벙글 웃었다.

"어이구, 뛰어내리려니까 무서워? 근데 어쩌냐, 우리가 더 무서운데, 이 토깽이 새끼들아."

홍수는 당구대에 놓여 있던 큐대를 잡았다. 하지만 남순은 아니었다.

"빠질 거면 지금 빠져."

홍수가 조그맣게 말했다. 남순은 충분히 뛰어내릴 수 있다. 싸움을 하지 않고도 이곳을 빠져나갈 수 있다. 하지만 홍수는 그럴 수 없다. 다리가 아작 나느니 양아치들한테 맞아죽는 편이 나을 것이다. 그제야 남순도 큐대를 잡고 당구대 너머를 눈짓으로 가리켰다. 뚫자는 뜻이었다. 남순이 왼쪽, 홍수가 오른쪽.

다시, 셋, 둘, 하나!

동시에 가운데로 치고 들어갔다. 남순이 왼쪽에 있는 사람을 치고 홍수가 오른쪽에 있는 사람을 쳤다. 때리기보다는 큐대로 치고 몸으로 막아낸 뒤, 당구장 문 쪽으로 밀고 나가는 식이었다. 손발이 척척 맞았다. 드디어 당구장 문고리가 손에 잡혔다. 두 사람은 큐대를 버리고 계단을 뛰어 내려갔다.

전속력으로 거리를 달렸다. 익숙한 느낌이었다. 이마에 맺힌 땀, 땀을 식혀주는 바람. 남순의 옆에서 달리는 홍수, 홍수의 옆에서 달리는 남순. 뒤에서는 양아치들이 고함을 지르며 쫓아오고 있었지만 아무것도 무섭지 않았다. 함께 있을 때면 언제나 그랬다. 세상은 무서울 것도 겁날 것도 없었고, 모든 것이 두 사람을 중심으로 돌고 있는 것처럼 느껴졌다.

저 앞에 버스정류장이 보였다. 마침 버스 한 대가 정류장으로 들어서며 정차하고 있었다. 약속이라도 한 듯 두 사람은 그쪽으로 달려갔다. 그리고 버스 문이 막 닫히려는 찰나, 올라탔다. 양아치들이 쫓아왔지만 버스는 간발의 차이로 출발한 뒤였다. 닭 쫓던 개 신세가 된 양아치들이 창문을 두드리며 욕을 퍼부었다. 홍수와 남순은 서로를 바라보며 웃음을 터뜨렸다. 예전으로 돌아간 기분, 익숙하지만 낯선 기분. 이런 기분은 정말 오랜만이었다. 아드레날린이 마구 솟구치고 온몸에서 빠르게 피가 도는 느낌. 하지만 홍수는 곧 어색한 얼굴로 돌아서더니 단말기에 카드를 찍고 맨 뒷자리로 갔다. 남순도 카드를 찍은 뒤 뒷문 앞에 자리를 잡고 앉았다.

어제까지 이렇게 함께 거리를 달렸던 것 같기도 하고, 조금 전 싸움조차 아주 오래 전 일 같기도 했다. 무슨 말이라도 건네보고 싶었다. 수고했다든가, 고맙다든가. 하지만 흥수가 싫어할 것 같아서 일부러 멀리 떨어진 좌석에 앉아 하릴없이 창밖만 내다보는 것이다.

버스가 정류장에 서자 흥수가 내렸다. 따라 내리고 싶지만 그대로 자리에 앉아 있었다. 버스가 출발하자 창밖에 서 있던 흥수가 뒤로 휙 밀려났다. 얼핏 무릎을 짚으며 주저앉는 흥수의 모습이 보였다. 다리가 아팠던 걸까.

"기사님, 잠깐만요. 죄송합니다."

남순은 서둘러 카드를 찍고 버스에서 내렸다. 저쪽에서 흥수가 약간 절뚝거리며 걸어오고 있었다.

"다리 괜찮냐?"

"네 알 바 아니잖아."

"너도 네 알 바 아니었잖아. 오토바이 절도범이 되든 양아치들 밥이 되든 모른 척 했어야지."

"너 아는 척 한 거 아냐. 오정호가 너 물 먹여놓고 좋다고 까부는 꼴 보기 싫어서 간 거지."

"……고맙다."

"뭐가?"

"약속 지켜줘서."

흥수의 눈빛이 흔들렸다. 흥수도 그 약속을 기억하고 있는 걸까. 남순은 홍수의 눈을 빤히 바라보다 툭 던지듯 말했다.
"붕신 새끼, 오지랖은……"

 옆 동네 일진이라는 녀석들을 죽도록 두들겨 패준 날이었다. 곤죽이 되도록 얻어맞은 녀석들은 남순이 시키는 대로 무릎을 꿇고 앉았다. 다시는 깝치지 못하게 만들어놓아야 했다.
"그러게, 나한테 걸리면 죽는다고 했어, 안 했어?"
 차례대로 귀싸대기를 몇 대 때렸다. 참다 못한 한 아이가 고개를 돌리며 남순의 손을 피했다. 빡쳤다. 그렇게 맞고도 정신을 못 차렸나. 녀석의 머리카락을 움켜쥐고 있는 힘껏 손을 날리려는 순간, 누군가 뒤에서 남순의 팔을 잡으며 확 껴안아 당겼다.
"아이 씨, 어떤 새끼야?"
 남순이 몸을 흔들며 떼어내려고 했지만 홍수는 막무가내였다. 홍수는 아이들을 돌려보낸 뒤 남순에게 말했다.
"정도껏 해라. 저러다 애 고막이라도 터지면 감방 간다, 너."
"에이 씨, 가면 가는 거지. 내가 별 다는 거 무서워서 저 새끼들 봐줘야겠냐?"
"내가 싫어, 새꺄. 너 별 다는 거."
 홍수는 뻑하면 나타나서 판을 깼다. 홍수가 말리는 통에 개기는 새끼들을 제대로 손봐줄 수도 없었다. 홍수가 자꾸 그러니까 녀석들이 남순을 만만히 보고 알짱대는 것이다.
"넌 빠져, 새꺄. 자꾸 이러면 너 안 본다?"

"웃기고 있다. 잘 들어, 새꺄. 네가 날 보든 안 보든, 어디서 뭔 뻘짓을 하고 다니든, 난 죽을 때까지 너 감방 갈 짓은 무조건 막을 거다. 다른 건 몰라도 내가 이 약속은 꼭 지킨다."

"븅신 새끼, 오지랖은……"

븅신 새끼, 오지랖은…… 그때도 이렇게 말했었다. 홍수도 그날을 기억하고 있을 것이다. 기억하고 있기 때문에 기꺼이 달려온 것이다.

홍수가 일진회에 들어온 것은 남순 때문이었다. 남순과 있는 것이 좋아서, 남순과 함께 놀고 싶어서. 일진이긴 했지만 홍수는 싸움을 좋아하지 않았다. 남순이 싸우는 것도 싫어했다. 하지만 꼭 싸워야 할 상황이 생겼을 때 홍수는 둘도 없는 파트너였다. 남순이 눈짓만 해도 무슨 뜻인지 알았다. 상황이 어떻든 상대가 누구든 호흡이 척척 맞았다.

홍수가 오지 않았다면 당구장에서의 싸움은 쉽게 끝나지 않았을 것이다. 상대는 고딩이 아니라 주먹 하나 믿고 사는 양아치들이었다. 남순이 죽든 양아치들이 죽든 끝을 보는 싸움이 되었을지 모른다. 누군가는 병신이 되고 누군가는 감방에 갔을지 모른다. 다른 건 몰라도 이 약속만은 꼭 지킬 거라던 홍수는, 정말 그 약속을 지켰다. 더 이상 우리가 친구가 아닌 지금도, 남순이 모든 약속을 저버린 지금도. 그리고 그 약속이 유효한 이상, 어쩌면 두 사람의 관계는 완전히 끝난 것이 아닐지 몰랐다. 어쩌면, 말이다.

*

　조례를 막 마치려고 하는데 뒷문이 드르륵 열렸다. 남순이었다. 아이들은 돌아온 고 회장을 왁자지껄하게 환영해주었다. 기덕은 입으로 팡파레를 불렀고, 몇몇 아이들은 고 회장을 연호했다. 남순은 뻘쭘해 하면서도 그런 분위기가 싫지 않은 모양이었다.
　"기왕 오는 거 지각은 왜 하시나?"
　세찬의 말에 남순은 홍수 쪽을 흘끗 쳐다보았다.
　"올까 말까 하다가……"
　"어이구, 장하다. 남들은 당연히 다니는 학교를 올까 말까 하다가, 올까 해서 왔어?"
　빈정거리듯 말했지만 세찬 나름대로는 칭찬이자 환영인 셈이었다. 주유소에서 빨갛게 언 얼굴로 일을 하던 모습을 생각하니 지금이라도 마음을 고쳐먹고 와준 게 기특하고 대견했다. 자기 딴에는 고민도 갈등도 많았을 것이다.
　"자, 그럼 오늘도 무사히. 이상."
　"차렷, 경례!"
　오랜만에 고 회장의 인사를 받는 기분이 나쁘지 않았다.

　남순은 무단결석 10일로 교내봉사 7일, 홍수의 남은 봉사 기간도 7일이었다. 엄대웅 선생은 두 아이의 교내봉사 지도를 인재가 아닌 세찬이 맡아주었으면 했다. 내키지 않았지만 기왕 하게 된 거, 빡세게 시켜줄 참이었다.

세찬은 남순과 홍수를 데리고 창고로 갔다. 방치되어 있다시피 했던 창고는 문을 열자마자 뿌연 먼지가 풀풀 일어났다. 코와 목이 따가울 지경이었다. 남순과 홍수도 입을 막으며 재채기를 해댔다.

"지금부터 이곳을 청소한다."

남순과 홍수는 두 말 없이 빗자루를 집었다.

"아니, 아니."

세찬은 손을 내저었다. 창고 안에는 망가진 책상과 걸상이 거의 천장 높이로 쌓여 있었다.

"일단 이것들을 다 빼서 싹 옮겨놓은 다음에. 그런데 옮겨놓을 곳이 마땅치 않으니까…… 옥상? 그래, 옥상이 좋겠다."

두 아이가 어이없다는 얼굴로 세찬을 바라보았지만, 세찬은 헛기침을 한 번 한 뒤 창고를 빠져나왔다. 교무실로 돌아온 세찬은 갑자기 뭔가가 떠올라 열쇠를 챙겨 엘리베이터로 갔다. 아니나 다를까, 책걸상을 잔뜩 짊어진 남순과 홍수가 엘리베이터 앞에 서 있었다. 세찬은 빙긋 웃으며 엘리베이터 열쇠를 꺼내들었다.

"학생은 엘리베이터 사용 금지인 거 모르냐?"

세찬이 엘리베이터를 잠그자 층수가 표시되던 자리에 '점검 중'이라는 글자가 떴다. 세찬은 망연자실한 두 아이를 슬쩍 쳐다본 뒤 유유히 건물을 빠져나왔다. 녀석들, 한 번 당해봐라. 힘이 들면 들수록 우정도 새록새록 쌓여갈 테니.

시간이 지날수록 홍수는 멈춰서 있는 시간이 길어졌다. 얼굴을 찡그린 채 오른쪽 다리를 자꾸 주무르는 걸 보면 계단을 오르내리면서 통증이 심해진 모양이었다. 거의 다 옮겼다. 남은 건 남순 혼자서도 충분히 할 수 있었다.

"넌 그만 가라. 이제부턴 내가 할게."

남순이 말했지만 홍수는 들은 체도 하지 않았다. 그래도 남순은 기어이 책걸상을 빼앗아들고 계단을 올랐다.

"또 착한 척이냐?"

"아니, 구제불능인 새끼가 수작 부리는 거다. 뭔 수작인지 궁금하면 두고 봐라."

그러려고 학교에 온 것이다. 고개를 빳빳이 들고 뻔뻔한 얼굴로 홍수를 대하기 위해서.

오늘 아침, 알람도 맞춰놓지 않았는데 학교에 갈 시간이 되자 저절로 눈이 떠졌다. 다시 자려고 했지만 아무리 몸을 뒤척이고 자세를 바꿔봐도 잠이 올 것 같지 않았다. 등교를 할 때마다 졸음과 싸움을 벌이는 기분이었는데 어쩐 일일까. 전날 홍수와 함께 당구장을 나와 거리를 달리던 장면이 눈에 선했다. 자퇴서와 학교 건물을 보던 순간도 떠올랐다.

창밖으로 스며드는 햇살을 보다가 문득 학교에 가기로 결심했다. 전날 아침에 눈을 떴을 때만 해도 다시는 학교에 가지 않을 작정이었는데 갑자기 그런 생각이 들었다. 교복을 입고 책가방을 둘러멨다. 학교에 가야 했다. 아직 홍수와의 약속은 유효하니까. 홍수와 함께 했던 그 모든 기억도 전혀 빛이 바라지 않고 유채색으로 선연하기만 하니까. 잊지 않았다면 아직 끝이 아니다. 우리는 아무것도 끝나지 않았다.

  홍수는 먼저 가지 않았다. 마지막 책걸상을 옮겼을 때, 교복은 땀과 먼지로 얼룩져 있었다. 쌀쌀한 바람이 몸을 훑고 지나가자 땀이 식으면서 오소소 소름이 돋았다. 교복의 먼지를 털고 허리를 두드렸다. 홍수도 어깻죽지와 종아리를 번갈아가며 주무르고 있었다.
  옥상으로 올라온 세찬은 남순과 홍수가 옮겨놓은 책걸상을 보고 흡족한 표정이었다.
  "힘들도 좋네. 내일은 창고 청소하고 여기 있는 책걸상 싹 원위치 시켜라."
  세찬의 억지에 헛웃음이 났지만 둘 다 너무 피곤해서 반항할 기운도 없었다. 홍수는 지친 얼굴로 목례를 한 뒤 옥상을 내려갔다. 남순도 대충 인사를 하고 옥상을 내려가려는데 세찬이 툭 말을 걸었다.
  "어이, 고남순. 넌 뭐했냐? 중학교 자퇴하고."
  언제나 그렇듯이 별로 궁금해하는 얼굴도, 말투도 아니었다. 질문을 던질 때조차 세찬은 무관심해 보였다.
  "집에 있었는데요."
  "집에서 뭐했는데?"

"잤어요, 계속."

"기특도 해라. 자다 일어나서 검정고시 보고 학교도 다 나오고."

남순은 물끄러미 세찬을 바라보았다. 인재와 달리 세찬의 진심은 잘 알 수 없었다. 관심일까, 호기심일까. 어쩌면 어느 쪽도 아닐지 모른다.

"박홍수 무겁지?"

세찬의 말투는 평소처럼 가벼웠다. 진심을 알 수 없는 그 목소리로, 세찬이 말을 이었다.

"그게, 가벼워지진 않는데 애쓰면 견뎌지긴 하더라. 그러니까…… 책상 줄 좀 맞춰라."

세찬은 삐쭉 튀어나온 책상들을 가리킨 뒤 계단을 내려갔다. 남순은 세찬이 나간 옥상 문을 쳐다보았다. 그때, 홍수의 무게를 이기지 못하고 도망쳤던 그때, 세찬처럼 말해주는 누군가가 있었다면 상황이 달라졌을까.

병실 창문에 서 있는 홍수를 보았을 때 알았다. 절대 용서받지 못할 거라는 것을. 뒷걸음질을 치다 정신을 차려보니 어느새 남순은 달리고 있었다. 숨을 헐떡대며 병원을 빠져나온 뒤였다. 내가 무슨 일을 저지른 걸까. 홍수의 날개를 부러뜨릴 생각이 아니었다. 남순만 남겨두고 날아가려는 홍수가 미웠지만, 그렇다고 해서 홍수의 발목을 붙잡아 주저앉힐 생각은 아니었다.

밤새 병원 주변을 맴돌았다. 돌아가고 싶었다. 사과하고 싶었다. 무릎이라도 꿇으라면 꿇었으리라. 남순의 다리를 대신 내어주고 용서 받을 수 있다면 그렇게라도 했으리라. 하지만 결코 용서받을 수 없을 것 같았다. 무섭고 두려웠다. 돌아갈 수도, 그대로 떠날 수도 없었다. 병원 담벼락에 주저앉아 무릎 사이에 머리를 파묻었다. 자학하듯 몇 번이나 머리를 젖혀 뒤통수를 담벼락에 쾅쾅 박았다. 어떡해야 하나. 이제 어떡해야 하나. 먼동이 터 올 무렵 뿌옇게 밝아지는 하늘을 바라보며 깨달았다. 이미 늦었다는 것을, 아무것도 돌이킬 수 없다는 것을.

다음날부터 잠만 잤다. 죽음처럼 깊은 잠이었다. 꿈속에서 남순은 몇 번이나 홍수의 다리를 부러뜨렸고, 다음 순간이면 병실 창문 너머에서 홍수가 남순을 노려보고 있었다. 끊임없이 반복재생되는 악몽들. 깨어나면 늘 혼자였다. 창밖은 아침이기도, 저녁이기도, 달도 없이 캄캄한 밤이기도 했지만, 방에는 언제나 남순 혼자였다. 바닥에는 먹다 남긴 컵라면이 굴러다니고 있었고, 가끔은 바퀴벌레 한 마리가 후다닥 장롱 밑으로 몸을 숨기기도 했다.

남순이 방에 처박혀 있는 동안 몇 번의 아침이, 몇 번의 밤이 그렇게 오고 또 갔다. 하루, 이틀, 일주일, 보름…… 얼마나 시간이 흘렀는지 알 수 없었다. 어느 날 눈을 떴을 때 창밖으로 새벽빛이 부옇게 밝아오고 있었다. 시간이 돌고 돌아, 병원 담벼락에 주저앉아 있던 그 새벽 무렵으로 되돌아온 것 같았다. 남순은 멍하니 창밖을 바라보다 거리로 나왔다. 밖으로 나와서야 자신이 아주 오랫동안 방 안에 있었음을 깨달았다.

그리고 지금, 남순은 홍수와 함께 옮긴 책걸상을 바라보고 있었다. 너무 무거웠다. 언제까지고 가벼워지지 않을 것 같았다. 남순은 삐져나와 있는 책상의 줄을 맞췄다. 헝클어진 마음을 정리하듯 가지런히.

(2권으로 이어집니다)

학교 2013 - 1
ⓒ (유)학교문화산업전문회사

초판 인쇄 2013년 6월 5일
초판 발행 2013년 6월 14일

극본 이현주 고정원 소설 안재경
사진제공 (유)학교문화산업전문회사
펴낸이 김정순
기획 이은정 김수진
책임편집 김수진 편집 이은정
디자인 김수진
마케팅 김보미 임정진 전선경

펴낸곳 (주)북하우스 퍼블리셔스
출판등록 1997년 9월 23일 제406-2003-055호
주소 121-840 서울시 마포구 서교동 395-4 선진빌딩 6층
전자우편 editor@bookhouse.co.kr
홈페이지 www.bookhouse.co.kr
전화번호 02-3144-3123
팩스 02-3144-3121

ISBN 978-89-5605-669-2 04800
     978-89-5605-671-5 04800(세트)

*소설은 〈학교 2013〉 대본을 바탕으로 집필되었습니다. 방송과 내용이 조금 다를 수 있습니다.